Universale Economica Feltrinelli

DANIEL PENNAC
ULTIME NOTIZIE DALLA FAMIGLIA

Traduzione di Yasmina Melaouah

Feltrinelli

Titolo dell'opera originale
MONSIEUR MALAUSSÈNE AU THÉÂTRE
DES CHRÉTIENS ET DES MAURES

Traduzione dal francese di
YASMINA MELAOUAH

Prima edizione nell'"Universale Economica" gennaio 1997
Terza edizione marzo 1997

ISBN 88-07-81408-0

SIGNOR MALAUSSÈNE A TEATRO

A Jean Guerrin,

per

Monique Chevrier,
Isabelle Bidaut
e Aldo Gilbert

Se i bambini
nascessero adulti
ce ne sarebbero
verosimilmente
un po' meno.

Christian Mounier

Poco più di niente: una panchina, un libro, due sgabelli, un disco bianco nel cielo e Malaussène sotto.
Sarà lui e tutti gli altri personaggi.

1.
Annunciazione

è seduto sulla panchina
legge
...
rumori della città
...
ecco,
ci ha visti

Ehi!

Voi!

Se scorgete tre bambini magri – di cui uno con gli occhiali rosa – che si trascinano per Boulevard de Belleville

con la schiena inarcata,

le mani sui fianchi e i piedi in fuori,

nell'atteggiamento dolorosamente appagato della donna incinta,

non mettetevi a pensare che Belleville ingravidi i suoi giovani!

No!

Guardate piuttosto sul marciapiede di fronte.

È me che imitano, quegli stronzetti.

È me che prendono in giro.

Se li becco...

chiude il libro
racconta
è lui stesso
ciò che ha letto

È un dato di fatto, già dalle prime settimane della gravidanza di Julie, Benjamin Malaussène,

io,

il capro espiatorio dal cranio di ferro,

era completamente fuori di sé.

Vagava, lontano dalla sua prima persona, con la pancia in fuori e i piedi circonflessi.

Leila, Nourdine, il Piccolo e tutti i marmocchi di Belleville lo imitavano. Julius il Cane sembrava non capirlo più.

Julie rideva:

"Una crisi di empatia, Benjamin?".

Incinto!

Incinto, Malaussène!

il piccolo inquilino di Julie appare nel cielo
un embrione alle prime armi
alquanto approssimativo

Ehi! Oh! Mi ascolti?

Concentrati un po', santo dio!

Piantala di ronfare nella pancia di tua madre.

Dopo tutto, ti sto presentando la tribù che ti accoglierà!

Affinché tu sappia con chi avrai a che fare, il giorno della tua venuta. Affinché tu non debba poi rinfacciarmi di non averti avvertito. Abbiamo già Verdun che tiene il muso dal mattino alla sera come se l'avessimo imbrogliata sulla merce.

Restano appena otto mesi per descriverteli tutti...

Se credi che trentadue settimane bastino per delineare personalità così "contrastate" (come si dice in gergo da conferenze) ti sbagli di grosso! Ho qualche decennio di vantaggio su di te ma credo di non avere capito completamente neppure uno di loro.

Jérémy, per esempio...

Prendi tuo zio Jérémy,

o il Piccolo, con i suoi occhiali rosa...

O tutti e due insieme...

Jérémy e il Piccolo

L'altra sera, prima di cena, tuo zio Jérémy arriva in camera nostra. Bussa, cosa che non è da lui.

Aspetta che lo si inviti a entrare, cosa che è ancora meno da lui.

Entra e tace, il che è decisamente una novità.

Allora dico:

"Sì, Jérémy?".

"Devo chiederti una cosa."

"Quindi supponi che io abbia la risposta."

"Ben, dimmi come si fa."

"Come si fa cosa?"

"Vaffanculo, sai benissimo cosa voglio dire."

"..."

"A fare i bambini, Ben. Dimmi come si fa a fare i bambini."

"..."

"..."

"D'accordo, Jérémy. Siediti."

Si siede.

Mi alzo.
"Jérémy..."
A questo punto, il più subdolo di tutti i silenzi: l'imbarazzo pedagogico.
Ho proceduto con cautela. Cominciando dall'inizio: gli ho parlato dei gameti maschili e femminili, delle cellule aploidi e diploidi, Dna e Léon Blum ("che fu il primo, Jérémy, a permetterci la procreazione come atto consapevole e voluto"), ovulazione, flaccidezza, corpo cavernoso, vestibolo, trombe di Falloppio e cono di attrazione...
Cominciavo francamente ad ammirarmi quando Jérémy è balzato in piedi:
"Mi prendi per il culo?".
Negli occhi gli spuntavano lacrime di rabbia:
"Non ti ho chiesto di farmi un corso di educazione sessuale, porca puttana, ti ho chiesto di dirmi come si fanno i bambini!".
La porta si è aperta ed è comparso il Piccolo:
"I bambini? Io lo so, è facilissimo!".
Ha preso un foglio, la penna di Julie e ha teso il risultato a Jérémy:
"Ecco, è così che si fa".
Due secondi dopo, scendevano le scale a precipizio sghignazzando come un angolo di ricreazione.
Lo schizzo buttato giù dal Piccolo non lasciava alcun dubbio: era proprio così.

In ogni caso, è così che abbiamo fatto, tua madre e io.

Anche se...

Anche se con tua madre la cosa non è andata da sé...

È stata una bomba, figurati, a gettarci l'uno nelle braccia dell'altra.

Una bomba! Una vera bomba!

Siccome ne siamo usciti vivi, lei si è messa a parlare a raffica.

Parlava! Parlava...

Figurati che si era appena fatta un giro del mondo dell'amore.

Per una buona causa, eh! Per un'inchiesta su un giornale...

Secondo lei, solo i rivoluzionari all'alba della rivoluzione sapevano scopare come si deve, e i grandi primitivi:

i moi,

i maori,

i satarè...

"Gli uni e gli altri hanno l'eternità in testa, Benjamin, scopano all'indicativo presente, come se dovesse durare per sempre. Hanno muscoli lunghi, precisi, ben disegnati. Le spalle e i fianchi non ti si sciolgono tra le dita. L'uccello ha una morbidezza setosa che non ho mai trovato altrove e quando ti penetrano, si illuminano da dentro, come dei Gallé 1900, stupendamente ramati."

È stata la bomba a ridurla in questo stato?

Abbiamo fatto i cinque piani di scale di corsa come se fossimo inseguiti, ci siamo buttati sul mio letto come nel laghetto di un'oasi,

ci siamo strappati i vestiti come se fossero in fiamme,

i suoi seni mi sono esplosi in faccia,

la sua bocca si è richiusa su di me,

la mia ha trovato il bacio palpitante del suo desiderio maori;

le nostre mani hanno corso in ogni direzione,

hanno accarezzato,

palpeggiato,

stretto,

penetrato,

le nostre gambe si sono avvinghiate,

le nostre cosce hanno imprigionato le nostre guance,

i ventri e i bicipiti si sono inturgiditi,

le molle del letto hanno risposto,

e così gli echi della stanza,

e poi,

d'un tratto,

la splendida testa leonina di tua madre è emersa al di sopra della mischia, aureolata dell'incredibile criniera,

e la sua voce,

ora rauca,

ha domandato:

"Cos'hai?".

Ho risposto:

"Niente".

Non avevo niente.

Assolutamente niente.

Solo un misero mollusco rannicchiato tra le sue conchiglie.

Che non voleva tirare fuori la testa.
Per paura delle bombe, immagino.
...
Ma so di mentire a me stesso.
...
In realtà, la mia camera era piena di gente...
Zeppa da scoppiare...
Tutt'intorno al letto si ergevano spettatori sull'attenti...
E non spettatori qualsiasi!
Tutta una schiera di sandinisti,
cubani,
moi,
sataré,
nudi come mamma li fece o in uniforme, cinti di balestre o di kalashnikov, bronzei come statue, aureolati della polvere della gloria.
Ce l'avevano duro...
Loro!
E con le mani sui fianchi, ci offrivano un picchetto d'onore
spesso,
teso,
arcuato,
che me lo
ammosciava.

"Niente," ho ripetuto. "Non ho niente. Scusami."

lui lo trova divertente

"Ah! E lo trovi anche divertente?"

Si può ridere proprio perché non lo si trova affatto divertente.

Glielo spiego.

È stato allora che tua madre ha detto:

"Quello che uccide l'amore, Benjamin, è la cultura amorosa. A qualsiasi uomo verrebbe duro, se non sapesse che agli altri uomini viene duro!".

E ha aggiunto:

"In amore, l'unica ricetta è occuparsi di sé. Voglio dire occuparsi dell'uno e dell'altra, qui e ora, di te e di me".

Morale, ci siamo occupati così bene di noi che oggi dobbiamo occuparci di te.

2.
Presentazione

meditazione
gli occhi alzati
verso il piccolo inquilino
che ha preso forma

Allora, insomma, Julie è abitata?
C'è un piccolo qualcuno in Julie?
Un altro frutto della passione?
Nascerà?
Si tufferà?
Scenderà un giorno in strada?
Passerà davanti alle edicole?
Si beccherà l'opera in quadricromia della vita?
L'ottimismo amoroso ha scherzato una volta di più con il nulla?
Percosse e lesioni senza intenzione di dare la vita?
Cadrà dal niente nel peggio?
Un frutto nudo precipitato nelle mandibole del mondo...
In nome dell'amore! Il grande Amore!
E il resto del tempo cercherà di capire...
Si costruirà: un'impalcatura di illusioni sulle fondamenta del dubbio, i muri nebulosi della metafisica, l'arredo perituro delle convinzioni, il tappeto volante dei sentimenti...
Metterà radici nella sua isola deserta mandando patetici segnali alle navi di passaggio.

Sì... e passerà lui stesso al largo delle altre isole.

Andrà alla deriva...

Mangerà, berrà, fumerà, amerà, penserà...

E poi deciderà di mangiare meglio, di bere meno, di non fumare più, di evitare le idee, di mettere da parte i sentimenti...

Diventerà *realista.*

Darà consigli ai suoi figli. Ci crederà un po', giusto per loro.

E poi non ci crederà più.

Ascolterà solo più le proprie tubature, terrà d'occhio i propri bulloni, moltiplicherà gli spurghi,

nella sola speranza di durare ancora un po'...

Durare...

Fino alla fine, spererà in un seguito...

...

Come i bambini...

"Il seguito!"

"Il seguito!"

Il seguito, il seguito...

La cosa tragica, con gli sbarbati, è che pensano che tutto abbia sempre un seguito.

Il mio seguito è l'altro piccolo me stesso che si prepara a darmi il cambio nel grembo di Julie.

Com'è bella una donna in quei primi mesi in cui ti fa l'onore di essere in due!

Ma, santo Dio, Julie, pensi che sia ragionevole? Lo pensi davvero, Julie? Sinceramente... eh? E tu, stronzetto, pensi proprio che sia

il mondo,

la famiglia,

l'epoca giusta in cui atterrare?

Non sei ancora qui e già frequenti cattive compagnie!

Senza un briciolo di buon senso, proprio come tua madre, la "giornalista del reale"...

la cerchia familiare
passarla in rassegna

Ma non ci incupiamo, non ci incupiamo. L'atmosfera è allegrotta. E, come sempre in questi momenti, il seguito è la rievocazione dell'inizio.

E il mio, di inizio, fu la mamma.

"Ma"

la mamma.

Anche questa, bisogna che te la presenti.

Ha il cuore immediato e il grembo generoso, la tua futura nonna.

Il sottoscritto Benjamin, Louna, Thérèse, Clara, Jérémy, il Piccolo, Verdun, tutti noi della tribù Malaussène siamo frutti del suo grembo.

Persino Julius il Cane ha per lei sguardi da ultimogenito.

Che ne dici, tu che sei il prodotto di un lungo interrogativo procreatorio:

"*È giusto fare dei figli nel mondo in cui siamo?*

Il Grande Paranoico merita che si accresca la sua opera?

Ho io il diritto di mettere in moto un destino?

Non so forse che avviare una vita significa metterle la morte alle calcagna?

Cosa valgo io come padre e cosa varrà Julie come madre?

Possiamo correre il rischio di assomigliarci?...".

Credi che tua nonna si sia posta questo genere di domande?

Neanche per sogno.

Un figlio per ogni cotta, questa è la sua legge.

E una volta fatto goal, addio ricordo del papà.

Alcuni ti diranno che tua nonna è una puttana.

Lasciali dire, è la loro bassezza a parlare.

Tua nonna è una vergine perpetua, la cosa è ben diversa. Un'eternità in ognuno dei suoi amori, tutto qua.

E noi siamo la somma di quegli istanti eterni.

Dai quali lei esce vergine come prima.

ma in realtà
cosa possono capire, a questa età?

Ma tu non puoi giudicare, nel tuo piccolo abitacolo opalino...

Pare che non vediate più in là del vostro naso, là dentro,

e che tutto sia immerso in una luce azzurrina...

Che culo che hai...

L'unica cosa che ti invidierò:

un contratto d'affitto di nove mesi nella pancia di Julie.

Naturalmente potrei mentirti, decantarti come fanno alcuni la cerchia familiare...

È inutile che ti racconti delle palle, figlio mio, la verità è che la tua famiglia fa tutt'uno con la tragedia.

Quel che ti aspetta, in realtà, è più un'ecatombe che una famiglia.

La tua futura nonna si è concessa una storia d'amore con lo sbirro Pastor, un killer fascinoso che ne ha fatti fuori parecchi...

Tua zia Clara si è ritrovata vedova ancora prima del matrimonio ed È Un Angelo era orfano ancor prima di nascere.

La piccola Verdun è nata da un'agonia.

Verdun è nata nell'attimo in cui la tristezza portava via suo nonno, l'altro Verdun.

Lo zio Stojil è stato messo al fresco per aver voluto difendere Belleville dai cattivi trafficanti e dagli onesti imprenditori edili,

e Stojil è morto

in prigione.

Tua madre Julie ha rischiato di rimanerci secca, in questa storia! Hanno tentato di annegarla, le hanno bruciato la pelle con le sigarette!

Ti hanno fabbricato una mamma leopardo!

Nel volume seguente mi ficcavano un proiettile in testa.

Sì, figlio mio, tuo padre ha la testa vuota:

una fontanella d'acciaio e sotto, il dubbio.

Allora,
figlio imprudente del capro e della leopardessa,
se ti venisse voglia di mollare il colpo prima dell'atterraggio...
non potrei proprio volertene.
Quanto a Julie, si consolerà a colpi di realtà.
È il suo forte, la realtà.
Molta realtà con un pizzico di me.
Ha sempre un pezzo di realtà sul fuoco, tua madre.

non è ancora qui
e pone già
delle domande

"*Ma*,"
mi dirai:
"Papà, dal momento che sembri avere un temperamento così pessimista, dal momento che tu stesso sei il superstite, sicuramente provvisorio, di una serie tragica, perché hai dato il via libera al piccolo spermatozoo e al suo fagottino genetico?".

bella domanda

Come faccio a risponderti?

gesticolazioni

Il mondo intero è racchiuso in questa domanda!
E poi...
E poi non siamo mai gli unici a decidere.
Non puoi immaginare il numero di interventi al gran congresso della vita!
C'è stata tua madre Julie, naturalmente, l'appetito nell'occhio di tua madre...
C'è stato il plebiscito familiare, orchestrato da Jérémy e dal Piccolo: "Un fratellino! Un fratellino! Una sorellina! Una sorellina! Un pupo! Un pupo!".
E gli incoraggiamenti degli amici: Amar, Yasmina, Loussa, Théo, Marty, Cinq...
In francese, in cinese e in arabo, prego...
Sei il prodotto di un consiglio di amministrazione planetario!
Tutti i sessi e tutte le tendenze hanno fatto "sentire la loro differenza" come si usa dire oggi.
Persino la regina Zabo, la mia capa alle Edizioni del Taglione, quel frutto secco, ha buttato lì il suo piccolo suggerimento: "È capace di scrivere Malaussène? No, vero? Naturalmente no... allora si butti sul paffuto, un pupo, per esempio, sarebbe carino, un bel pupo!".
E Théo, l'amico Théo, cui sono sempre piaciuti soltanto i biondi: "Dovresti sapere, Benjamin, che il dramma di una zia è di non svegliarsi mai mamma. Sii un fratello, fammi un nipotino".
E Berthold, il chirurgo Berthold a cui devo la mia seconda vita: "L'ho resuscitata, Malaussène, adesso me la deve, una piccola botta procreativa, cazzo! Su, all'opera! Basta sparare a salve! Metta un proiettile in canna!".
Ma chi mi ha convinto è stato Stojil,

tuo zio Stojilkovicz
che non conoscerai...
Ed è la prima disgrazia della tua esistenza a venire.
...
Sono andato a giocare a scacchi con lui, nella sua cella, due giorni prima della sua morte.
Ti riproduco la nostra conversazione.
IO:
e2 e4
LUI:
e7 e5
IO, *giocando*:
Julie vuole un figlio...
LUI, *giocando*:
Ti piace l'Australia?
IO, *giocando*:
L'Australia?
LUI, *giocando:*
Il bush, il deserto australiano, ti piace?
IO:
Non lo conosco.
LUI:
Allora documentati in fretta. Il bush australiano non è abbastanza fitto per scappare da una donna che vuole un figlio da te.
IO:
...
LUI, *giocando*:
Il mio alfiere in c4.

...
Ecco: tu verrai al mondo e io non sentirò mai più

la voce di Stojilkovicz. Così bassa, la voce dello zio Stojil...

Era il Big Ben nella nostra nebbia intima.

Un faro sonoro.

Una sirena di depressione.

Mi ha detto:

"Segui il mio consiglio, è l'ultimo: lascia fare a Julie".

E si è messo a morire piano, con la cicca in bocca, chino sulla sua scacchiera.

"Zio Stojil," ho detto stupidamente, "Stojil, Stojil, tu che mi avevi giurato di essere immortale!"

LUI:

È vero, ma non ti ho mai giurato di essere infallibile... Del resto, io non muoio, arrocco.

...

Ecco, tu non sei il prodotto dello spermatozoo veloce e dell'ovulo vorace... Sei nato da quest'ultima visita a mio zio Stojil.

Che era l'onore della vita.

a lui

Quel che ti sto raccontando adesso sono le ore della tua preistoria.

Le pagine del tuo dossier, insomma.

Affinché il giorno della consegna il pacchetto sia debitamente affrancato.

Affinché tu sappia che razza di padre ti aspetta, per esempio.

Non si potrà certo dire che ho avuto una gravidanza esemplare,

no...

a noi

Il fatto è...

Malaussène deprimeva a tal punto chi gli stava intorno che tutti si chiedevano dove avessero trovato l'energia per nascere.

"Una sfiga del genere è sicuramente ereditaria... Chissà di cosa non lo accuseranno, il mio pupo, appena metterà il naso fuori. Dovrebbero tagliargli le palle, ai capri espiatori."

"D'accordo Malaussène," disse infine la regina Zabo, "la metto in maternità! Nove mesi a stipendio pieno, va bene?"

Liberato dagli obblighi professionali, Malaussène se la prese con la medicina.

Andò a trovare Marty, il medico di famiglia, che li aveva salvati tutti almeno un paio di volte da morte sicura.

"Salvare la gente, salvare la gente... potrebbe almeno pensare al futuro, però, cacchio!"

Il professor Marty era paziente con i pazienti.

"Dica un po', Malaussène, non è che mi sta sfinendo solo perché sta per diventare papà?"

"Sì."

"Ecco. Cinquecento milioni di indù sono probabilmente nella sua situazione. Cosa vuole sapere esattamente?"

"Il nome del miglior medico ostetrico del mondo. Mi ha sentito, Marty? Del mondo!"

...

Il miglior ostetrico del mondo tentò di tranquillizzare Malaussène:

"Buono... buono...! Si calmi... Lo sa che da un punto di vista genetico i nostri figli nascono più vecchi di noi?... L'età della specie, più la nostra. Geneticamente parlando sono più vecchi di noi".

...

Vaaaa beene...

...

"La tribù Malaussène ha il piacere di annunciare la nascita dell'ultimogenita Verdun, di 3.797.832 anni di età."

Legittimo furore di Verdun, ovviamente...

Le avevano promesso un essere tutto nuovo...

Ed eccola sbarcare con tutta la nostra inumana esperienza.

Signorina Verdun Malaussène
(ritratto di un neonato)

È grossa come l'arrosto di una famiglia numerosa...

Lo stesso color rosso carne...

Insalsicciata nella spessa cotica delle fasce...

È lucida.

È tutta tondetta.

È un bebè.

È l'innocenza.

Ma occhio...

Quando ronfa, con palpebre e pugni chiusi, si capisce che lo fa al solo scopo di svegliarsi e di farlo sapere.

E quando si sveglia...

È Verdun!

È la memoria del mondo!

Tutte le carneficine dell'uomo in un'unica battaglia!

Le batterie improvvisamente in azione, l'urlo degli shrapnel, l'aria tutta un suono, il mondo trema sulle sua fondamenta, l'uomo tentenna nell'uomo, pronto a tutti gli eroismi e a tutte le viltà, purché la smetta, purché ritrovi il sonno, anche un quarto d'ora, purché ridiventi l'enorme involtino, minaccioso come una granata, certo,

ma almeno silenzioso!

Non è che si dorma se lei si riaddormenta, perché si è troppo occupati a sorvegliarla, a prevedere i suoi risvegli, ma almeno i nervi si distendono un attimo.

La stasi...

Il cessate il fuoco...

Il respiro della guerra...

Si dorme con un occhio solo e su un orecchio solo.

Nella nostra intima trincea la sentinella sta di vedetta...

E sin dal primo sibilo del primo razzo illuminante...

All'assalto, cazzo!

Tutti ai vostri biberon!

Pannolini, infermiere!

Pannolini, perdio!

Quel che è inghiottito da un lato fuoriesce quasi

subito dall'altro, e le urla della pulizia vilipesa sono ancora più terrificanti di quelle della fame.

Biberon!

Pannolini!

...

Ecco, Verdun si è riaddormentata...

E ci ritroviamo in piedi, inebetiti, barcollanti, con lo sguardo vuoto fisso sull'ampio sorriso della sua digestione.

È la clessidra della sua faccia, quel sorriso.

Pian piano si restringe,

gli angoli della bocca si avvicinano,

e, quando le labbra rosa saranno solo un pugno serrato, il trombettiere suonerà l'assalto delle truppe fresche!

Ancora una volta, il lungo grido vorace sorgerà dalle trincee per andare all'assalto dei cieli.

E i cieli risponderanno con il cannoneggiare di tutta l'artiglieria.

Vicini che picchiano contro il soffitto...

Insulti che esplodono nel cortile del palazzo...

Lettere raccomandate...

Le guerre sono come incendi nella boscaglia: se non si fa attenzione si mondializzano, vedrai... Una cosina da niente, una piccola esplosione nel cranio di un duca, a Sarajevo, e cinque minuti dopo tutto il mondo si prende a cazzotti.

E la cosa continua... Verdun non smette mai...

E la Storia si ripete...

Cosa che tuo zio Jérémy, con due occhiaie fino ai piedi, riassume con questa domanda sfinita, chinandosi sulla culla di Verdun:

"Ma non cresce mai?".
No,
non cresce.
Vuoi il mio parere? Se oggi l'uomo non mangia più l'uomo, è unicamente perché la *cucina* ha fatto dei progressi!

un po' di calma

Il piccolo inquilino di Julie e io chiacchieriamo...
Cioè, è soprattutto lui che ascolta.
Lo metto al corrente di quel che lo aspetta... Sapete, come nel quaranta, le istruzioni tattiche prima che l'eroe fosse paracadutato sulla patria occupata...
Non più tardi di ieri gli ho raccomandato di sotterrare il paracadute appena avrà toccato terra...
In tempo di pace come in guerra nessuno ti perdona la scoperta di un paracadute.

lassù
il piccolo inquilino è insediato
sempre meglio
nella pancia di Julie

E le settimane di Julie passano...
Ed è tutto un gravidare...
Un partoreggiare...
Un pregnanteggiare...
Un proliferare...

Un gestazionare...

Impercettibilmente ma ineluttabilmente è tutto un covare...

Un nidificare...

Fino al giorno in cui il dottore dice a Julie:

"Parto domani. Riceverà i risultati dei suoi esami per posta".

precisazione

In realtà si trattava dei *tuoi*, di esami.

Non hai neanche il calibro di un fagiolo messicano e già ti tartassano!

Tanto vale che ti ci abitui subito, sarai esaminato per tutta la vita. Bisogna rendere i conti, dall'inizio alla fine. E che siano giusti!

Il medico legale farà il totale dell'addizione.

ah
la faccenda del nome

Tutto quello che ti posso dire d'altro è che nei rari momenti in cui l'amore ci dava una tregua, tua madre e io utilizzavamo il poco fiato che ci restava per scegliere il tuo nome negli elenchi disponibili.

Nel genere cristiano omologato, naturalmente.

Sono nomi più facili da portare,

passano meno di moda,

non stonano nel cortile di una scuola...

Ma, è più forte di me, appena sento pronunciare il nome di un martire, non posso fare a meno di rivivere in dettaglio le circostanze che l'hanno strappato al nostro affetto.

"Blandina," diceva tua madre, "Blandina è carino, se è una femmina, no?"

"Lasciata in balia delle bestie! Il toro che si scaglia contro Blandina, Julie, quel toro con la schiuma alla bocca che si scaglia con tutte le sue corna contro la nostra piccola Blandina!"

"Stefano... a me piace molto Stefano. Un nome dolce..."

"Lapidato sulla via di Gerusalemme. Il primo martire, l'iniziatore. Hai idea di cosa sia la lapidazione? Quando il cranio va in pezzi, per esempio... Perché non Sebastiano, già che ci sei? Sento già il sibilo delle frecce e vedo i pittori piazzare il loro cavalletto..."

...

"No Julie, cerca piuttosto tra i profeti o i patriarchi, quelli hanno saputo collocarsi bene nel tempo, loro le annunciavano, le catastrofi, non le subivano... be' insomma, le subivano meno."

"Daniel..., come Daniele, il babilonese...!"

Qui...

subdolo regolamento di conti en passant

è successo qualcosa di strano...

che non posso assolutamente spiegarti...

Sono impallidito, credo,
ho sentito il sudore inceppare tutti i miei ingranaggi,
un vento gelido ha mummificato il resto
e,
con una voce senza timbro,
ho mormorato:
"No!".
"No? Perché no? I leoni li ha domati, lui!"
Senza battere ciglio, ho detto:
"Mai nessun Daniel in famiglia, Julie, devi promettermelo! Un solo Daniel e tutte le grane del mondo ci piomberanno addosso, lo sento, lo *so*. Ti sembra che non ne abbiamo già avute abbastanza?".
La mia voce deve averla allarmata, perché si è sollevata su un gomito per guardarmi.
"Ehi! Oh!"
Mi sono limitato a rispondere:
"Nessun Daniel".

e una piccola parentesi
di autocritica

Avevo bisogno di un colpevole, insomma...
Mi sarebbe piaciuto trovare un responsabile...
Quel Daniel...
O qualcun altro...
Sì, è un lato del mio carattere...
È giusto che tu ne sia al corrente.
Sul serio, piccolo mio...
tuo padre,

quando si sente stronzo,
vorrebbe che arrivasse qualcuno,
gli indicasse un altro
e gli dicesse:

Non sei tu il vero responsabile, Benjamin, è lui! È colpa sua! Lui è il *porco* assoluto! Cagagli in testa, Benjamin! Fagli mangiare la tua merda! Uccidilo e massacra i suoi simili!

E vorrei poterlo fare.

Senza scherzi!

(O anche scherzando.)

Vorrei essere di quelli che si curano chiedendo il ritorno della pena di morte, e che l'esecuzione sia pubblica, e che il condannato sia ghigliottinato prima dai piedi,
poi sia curato,
cicatrizzato,
e si ricominci,
nuovo ghigliottinamento,
sempre dall'altro lato,
le tibie stavolta,
e di nuovo curato,
e clac!
le ginocchia!
dove fa più male, all'altezza della rotula,
dove c'è il versamento sinoviale!

Vorrei appartenere alla famiglia numerosa e tanto unita di tutti quelli che investono nel castigo supremo

e credono, vero come l'oro, al carattere esemplare della pena.

Porterei i bambini allo spettacolo.

Potrei dire a Jérémy: "Vedi cosa ti aspetta se continui a dar fuoco alla Pubblica Istruzione?".

E appena Verdun aprisse un po' troppo la bocca, la solleverei al di sopra della folla affinché la mannaia insanguinata la dissuadesse.

Dissuasione!

Dissuasione!

Vorrei appartenere alla bella grande anima umana, quella che sa da che parte stanno i buoni e i cattivi, gli aggrediti e gli aggressori.

Vorrei essere il fortunato possessore di un'intima convinzione che mi dicesse che non ho colpa di nulla.

Cazzo come mi piacerebbe!

E avere tra le mani il responsabile.

Quel Daniel.

O un altro.

...

però, però

Tutto ciò detto tra parentesi poiché, a conti fatti, per quanto riguarda il tuo arrivo il responsabile sono io.

Almeno, spero...

...

Comunque ho ripetuto:

"Nessun Daniel in casa mia".

Julie era troppo sfinita per insistere. Si è lasciata ricadere sulla schiena e ha detto, con un sospiro che annunciava il sonno:

"Tanto sarà Jérémy a dargli il nome, a questo bambino, non c'è scampo...".

...

È vero.
Tuo zio Jérémy ha un dono.
Battezza al primo colpo d'occhio.
Verdun, per esempio...
Oppure È Un Angelo, tuo cugino, cascato bello vispo dalla pancia di Clara nella nostra famiglia,
con un sorriso...
sconcertante.
Quel sorriso...
Tutta la tribù era rimasta di stucco.
Alla fine qualcuno ha detto:
"Ma è un angelo!".
"Ed è così che lo chiameremo," ha decretato Jérémy.
"Angelo? Vuoi chiamarlo Angelo?" ha domandato Thérèse.
"No," ha detto Jérémy, "lo chiameremo È Un Angelo."
"Èunangelo? In una parola sola?"
"Con tutte le sue lettere e maiuscole ovunque."
"È Un Angelo?"
"È Un Angelo."

il giorno è tramontato
ora il piccolo inquilino di Julie ha
una testa di luna

Silenzio...
Oh, i bei silenzi delle nostre notti sveglie...
Quante placide insonnie ci siamo goduti, tua madre e io, da quando ci conosciamo... Il sonno è una separazione...

...

Vedi...

Non succedeva niente.

Neanche il minimo sintomo di destino.

Il fascino indefinito di un romanzo che si rifiuta di cominciare.

Se un giorno mi chiederai cos'è la felicità
(e me lo chiederai)
ti risponderò che è questa.

Ci svegliavamo, tua madre e io, sotto la perpendicolare del sole, facevamo uno spuntino,
ci concedevamo una piccola siesta,
restavamo molto tempo in silenzio,
poi ci facevamo Boulevard de Ménilmontant fino all'insegna rampante dello Zèbre.

Io, con la mia andatura da papera,
certo...
Ma una papera serena.

no
sinceramente
tutte queste gravidanze

Cosa vuoi che ti dica? Tua madre ha la gravidanza consolante.

Tua madre non ha la gravidanza conquistatrice, di quelle che fendono le folle con la pancia come la prua di una corazzata, "largo alla vita!"...

Né tantomeno la gravidanza mistica...

Non ti porta come un santo sacramento.

Il che non vuol dire che sia incline all'umiltà! Non

si sottrae agli sguardi, non tira in dentro la pancia, non ti nasconde...

Non preoccuparti, non ti abbandonerà ai pedagoghi scusandosi di averti fatto.

Ma non per questo ti esibisce, bada bene... tua madre non ha la gravidanza fotomaniaca,

no, no, non ha una gravidanza estetócca...

Né una gravidanza di porcellana, da maneggiarti con riguardi...

da antiquario.

No...

Tua madre ha la gravidanza naturale...

Era sola, adesso è in due...

È venuto da me e ora va da sé...

Tua madre ha una gravidanza...

che mi consola della mia...

3.

Desolazione

Ma,

bisogna confidare nel destino per invitarsi senza essere convitati...

È successo una mattina che ero sotto la doccia e tua madre dava un'occhiata alla posta.

Ho chiuso l'acqua. Quando sono entrato in camera, il vapore della doccia aveva formato una nebbia degna del Tamigi.

"Come fai a leggere la posta qui dentro?"

Ho aperto la finestra.

"Julie?"

Non era al suo tavolo.

"Julie?"

Non era nemmeno sul letto.

È uscita?

Camera vuota. Porta aperta della doccia.

"Amore... amore mio vagabondo..."

Ho chiuso la porta della doccia per aprire quella del cucinino.

Ed è lì che l'ho trovata.

"Julie..."

Accovacciata tra le due porte.

Rannicchiata su se stessa.
Immobile.
Lo sguardo fisso.
In mano aveva una lettera.
"Julie?"
Altri fogli erano scivolati intorno a lei.
"Julie, tesoro..."
"..."

E ho capito.

crolla

Le palle maciullate.
È questa la paura, nell'uomo.
Le palle maciullate che polverizzano il terrore fin nei minimi vasi sanguigni, sangue di sabbia, gambe liquide, saliva dolce...
L'intestazione del laboratorio di analisi,
le colonne,
le loro percentuali di questo e di quello...
Dio sa se non volevo capire...
ma ho capito.
Ai suoi piedi giacevano gli esiti dei tuoi esami.
Dei tuoi esami andati male.
Il conto esatto di quel che ti mancava per arrivare fino a noi.
L'annuncio del tuo abbandono.
...
Oh!...
Vorrei tanto poter dire che mi sono chinato su

Julie, invece sono crollato. Vorrei tanto poter dire che l'ho presa tra le braccia, che l'ho consolata, invece sono crollato e sono rimasto rannicchiato contro di lei, tra la porta del cucinino e quella della doccia.

...

E il tempo non ha fatto il resto.

Ha semplicemente smesso di passare.

"Julie..."

Immobili, entrambi.

Ha appoggiato la testa sulla mia spalla.

E ha detto:

"Cerchiamo di non andare sul patetico, d'accordo?".

...

si alza
è molto più pesante

Allora era questo...

La tua dipartita...

Il tuo abbandono...

E io che ho passato tutte queste settimane a sobillarti contro il tuo arrivo.

Coglione che non sono altro!

A fare il grandioso!

A lasciarti credere che potevi scegliere:

"Ecco la realtà quale ti aspetta, figlio mio, se senti di non avere abbastanza coraggio molla il colpo, rimettiti le ali e tornatene su, nessuno te ne vorrà... Vai, lasciaci soli, se sapessi in che cosa sguazziamo! Tornatene alla beatitudine del limbo...".

Quando invece la mia vita era già piena di te, mio adorabile interlocutore...

Come ti eri annidato in me!

Come ce ne andavamo a zonzo insieme!

Come ce ne andavamo belli a zonzo tu e io sul viale delle mie finte collere...

Ma tu mi hai preso in parola?

Hai creduto al parolaio?

Non dovevi!

Non era niente! Solo parole! Solo per l'ironia delle parole! Una brutta abitudine della lingua: giocare col fuoco finché il fuoco non ha preso... Mostrare i bicipiti davanti allo specchio dei fantasmi...

Oh, che coglione! Era per scongiurare la sorte e tu mi hai creduto...

Mi hai creduto?

Dimmi, è dalla vita che sei fuggito, o da *questo padre* in questa vita?

Perché se fosse per questo padre, potresti ancora cambiare idea! Tornare. Per Julie!

Il padre non conta niente, questo creatore di casermoni! Se ne può benissimo fare a meno, del padre! È un'invenzione moderna! Un'ipotesi di lavoro! Presa da una tragedia antica! Puro teatro! Solo un istinto che si è montato la testa! Una macchinetta mangiasoldi analitica! Una risorsa letteraria. È qualcosa di molto sopravvalutato, il padre! Un'equazione fra tante... un groviglio di incognite... trascurabile! trascurabile!...

Ho forse un padre, io?

E Louna?

E Thérèse?

E Clara?

E Jérémy?
E il Piccolo?
E Verdun?
E È Un Angelo?
Hanno forse avuto dei padri?
E la regina Zabo?
E Loussa?
Non è il padre che conta, è il seguito! Sei tu! Sei tu che conti!
Torna!
Mi farò piccolo piccolo come padre, un micro-padre, giusto un pesce pilota, minuscolo, molto poco pilota, solo per evitarti di mancare i primi scalini... non proprio assente, ma discreto... capisci?... un padre di una rispettosissima discrezione, te lo giuro, qui, davanti a me... solo un padre di pongo!
Mi ascolti, sì?
Tornerai, sì?
Ma torna, mortacci tuoi!
Per amore di Julie, torna!
Di quanta forza avrà bisogno, se non torni! Quel modo di camminare dritta, che mi fa già male... Eppure la conosci!
Io voglio vederla occuparsi di te...
Fare la mamma di tutti i giorni...
Una piccola sosta nell'eroismo...
Qualche anno di naturalità.
Che si occupi di te e lasci perdere il mondo...
Che tanto il mondo non si occupa di niente!
"Cerchiamo di non andare sul patetico..."
L'hai sentita anche tu, no?
"*Cerchiamo di non andare sul patetico.*"

Non ti fa attorcigliare le budella una frase del genere? Non ti spenna le ali? Che razza di angelo sei, porca puttana?

canticchia
come se si lamentasse
è una poesia
di Jules Laforgue

C'era una volta una piccola nave,
Su cui Ugolino condusse i figli,
Con il pretesto, vecchio vampiro,
Di farli viaggiare gratis.

Ma dopo cinque, sei settimane,
I viveri vennero a mancare,
Così lui disse: "Non vi preoccupate,
I figli miei non mi han mai disgustato!".

Quindi a sorte tirò.
Formalità! Raffinatezza!
Perché quell'uomo aveva stomaco
Solo per placare i morsi della fame.

E quindi, stoico e leggendario,
Ugolino si mangiò i figli,
Per conservare loro un padre...
Oh! Quando ci penso il cuore mi si spezza.

sguardo vuoto
voce strozzata

Ci sono quelli che vengono schiantati dal dolore. Quelli che diventano pensosi. Ci sono quelli che parlano del più e del meno, neanche del morto, di piccole cose domestiche, ci sono quelli che dopo si suicideranno e non glielo si vede in faccia, ci sono quelli che piangono molto e cicatrizzano in fretta e ci sono quelli che annegano nelle lacrime che versano. Ci sono quelli che sono contenti, sbarazzati di qualcuno, ci sono quelli che non riescono più a vedere il morto, tentano, ma non ce la fanno, il morto ha portato con sé la propria immagine, ci sono quelli che vedono il morto ovunque, vorrebbero cancellarlo, vendono i suoi tre stracci, bruciano le sue foto, traslocano, ci riprovano con un vivo, ma niente da fare, il morto è sempre lì, nel retrovisore. Ci sono quelli che fanno il picnic al cimitero e quelli che lo evitano perché hanno una tomba scavata nella testa. Ci sono quelli che non mangiano più, ci sono quelli che bevono, quelli che si domandano se il loro dolore è autentico o costruito. Ci sono quelli che si ammazzano di lavoro e quelli che finalmente si prendono una vacanza. Ci sono quelli che trovano la morte scandalosa e quelli che la trovano naturale con-l'età-per-cui, circostanze-che-fanno-sì-che... è la guerra, è la malattia, è la moto, la macchina, l'epoca, il destino, la vita,

ci sono quelli che trovano che la morte sia la vita.
E ci sono quelli che fanno una cosa qualsiasi.
Che si mettono a correre,
per esempio.

Prendete un Malaussène, fategli del male, lui corre.

Corre Malaussène, e non si capisce chi potrebbe correre più in fretta, far girare il mondo sotto i piedi, se non, forse, un altro Malaussène, un altro dolore in movimento, e a conti fatti devono essere tanti, questi corridori afflitti, a giudicare dalla rotazione della terra.

Corri, Malaussène, la terra è rotonda e non c'è risposta, ci sono solo gli esseri umani, l'unica risposta si chiama Julie, Julie all'ospedale, Julie con la pancia vuota, Julie da riportare a casa, e da quando in qua uno ha bisogno di risposte mentre corre verso Julie? Anche colui che corre verso la donna amata, colui che corre verso il grande amore, fa girare il mondo!

esplosione

"L'amore, sempre l'amore, quanto rompi con questo amore, Benjamin!"

ha sbraitato Julie.

"Roba da farmi venir voglia di ricominciare con le scopate fini a se stesse."

"..."

"Il mondo secondo Malaussène: con amore o senza amore! Non c'è alternativa! Il dovere dell'amore! L'obbligo alla felicità! La garanzia-gioia! L'altro nel bianco degli occhi! Un universo di pesci lessi! Ti amo mi ami...

Ma che ce ne facciamo di tutto questo amooore?

Che nausea!"

"..."

"Da dove ti viene questa religione dell'amore, Benjamin? Dove te lo sei beccato questo vaiolo rosa? Cuoricini che puzzano di melassa! Quello che tu chiami amore... nella migliore delle ipotesi sono semplici voglie! Nella peggiore, abitudini! In entrambi i casi, una messinscena! Dall'impostura della seduzione fino alle bugie della rottura passando per i rimpianti inespressi e i rimorsi inconfessabili, solo parti da caratterista! Nient'altro che fifa, intrallazzi, trucchi, eccolo qua il grande amore! Una sporca gabola per dimenticare chi siamo! E riapparecchiare il tavolo tutti i giorni! Quanto rompi, Malaussène, con l'amore! Cambiati gli occhi! Apri la finestra! Comprati un televisore! Leggi il giornale! Impara la statistica! Entra in politica! Lavora! E poi ne riparleremo, del grande amore!"

Fa un lungo respiro.

Poi dice:

"Scusami".

"Non è niente."

"È passato."

Ripete:

"Scusami".

è notte

Ho singhiozzato tra le braccia di Julie,
e Julie ha fatto lo stesso,
ci siamo svuotati
fino a quella specie di deliquio chiamato sonno,
quella tregua

dalla quale ci si sveglia con un bambino perso, un amico in meno,
una guerra in più,
e tutta la strada che resta da fare malgrado tutto,
poiché pare che anche noi siamo ragioni di vivere,
che non bisogna sommare morte a morte,
che il suicidio è fatale al cuore di chi resta,
che bisogna tener duro,
tener duro comunque,
con le unghie,
con i denti.

si è fatto giorno

"AAAh!" fece Julie stiracchiandosi. "Ci siamo fatti un bel pianto ieri sera! Era da tanto che non mi succedeva."

4.
Risurrezione

Ma vedi...
La cosa tragica con le fini...
È che anche le peggiori hanno un seguito.
Su questo, i bambini hanno ragione.
...
Dopo tutto quel dolore, tua madre e io avremmo potuto concederci un piccolo lutto tranquillo.
...
E la cosa si è complicata...
in maniera...
incredibile!
Ti risparmio i particolari.
Eccoti fuggito dalla pancia di Julie...
E di ritorno nella pancia di Gervaise...
Gervaise...
la figlia dello zio Thian
una santa!
Complicato da spiegare

gli mostra
il libro

Lo leggerai quando sarai più grande.

Sorride

Mi ricordo soprattutto della scenata tra il buon dottor Marty e quel pazzo di Berthold, il chirurgo.

diventa Berthold e Marty

"Ha fatto questo a Gervaise, Berthold, sul serio?"
"Non ho potuto fare altrimenti."
"Dio santo d'un Dio santo! Non ci credo! Che coglione! Che stratosferico coglione! Non posso crederci!"
"..."
"Ne ha combinata un'altra delle sue, cazzo!"
"..."
"Cosa potrà mai fermarla sulla strada della coglionaggine, Berthold? Si rende conto di cosa ha fatto?"
"E lei cos'avrebbe fatto al posto mio, Marty? Quel pirla di Malaussène manda la sua Julie ad abortire da me, io mi accingo all'ivuggì e cosa trovo? Un collo dell'utero aperto come la bocca di un forno e un embrione che si precipita verso l'uscita trascinandosi dietro la placenta come un velo da sposa! Un affarino pieno di vita con gli occhi sbarrati dal terrore... Nel frattempo mi portano Gervaise, immersa in un coma da trapassata... Julie Malaussène se la svigna senza aspettare il seguito, tanto che quando torno al blocco operatorio è rimasto solo l'affarino, terribilmente vivo, un embrione

saltatore, quanto di più normale, molto più normale di lei, Marty. Allora? Cosa dovevo fare? Tirare lo sciacquone? Lei, Marty, avrebbe tirato lo sciacquone?"

"Ma che cazzo!" urlava Marty. "Allora è proprio come pensavo! Ha rifilato il bambino a Gervaise! Ha reimpiantato il pupo di Julie nella pancia di Gervaise!"

"C'era forse un'altra soluzione?"

parla "in tralice"
non molto sicuro di sé

Ma sì che sono felice...

È ovvio che sono felice!

Come puoi pensare che io lesini sulla nostra felicità?

Hai visto la faccia di tua madre?

L'hai vista la faccia di Julie china sulla pancia di Gervaise?

E la faccia di Gervaise, l'altra tua madre...

...

Imbroglio le carte?

...

Come sarebbe, imbroglio le carte?

...

Non imbroglio affatto le carte!

Evocando la felicità delle donne, eludo le mie legittime preoccupazioni di padre,

ma figuriamoci!

Sì perché la felicità, la felicità... non c'è mica solo la felicità nella vita, c'è la vita!

A nascere son buoni tutti...
Persino io sono nato!
Ma poi bisogna divenire! *Divenire*! Crescere, aumentare, svilupparsi, ingrossare...
(senza gonfiare),
accettare i mutamenti (ma non le mutazioni),
maturare (senza avvizzire),
evolvere (e valutare),
progredire (senza rimbambire),
durare (senza vegetare),
invecchiare (senza troppo ringiovanire),
e morire senza protestare, per finire!
Un programma enorme! Una vigilanza continua...
Perché a ogni età l'età si ribella contro l'età, sai!
...
E se fosse solo questione di età...
...
Ma c'è anche il contesto!
...
E il contesto, piccino...

il "piccino"
appare
pronto per
lo sbarco

"Papà, quando avrai passato quel che ho passato io prima di nascere, allora potrai aprire bocca."

Che cosa dici?

il "piccino"
ripete

"Papà, quando avrai passato quel che ho passato io prima di nascere, allora potrai aprire bocca."

...

"..."

È proprio quel che temevo! Oh! sì, già me li immagino i tuoi processi futuri, sento già la collezione di piccoli rimproveri filiali:

"Già che ci sei, caro paparino, dimmi la verità: con la scusa della lucidità planetaria, non eri proprio estasiato all'idea di vedermi ingrandire la cerchia familiare, o sbaglio?...".

Con la complicità dei tuoi zii, naturalmente!

lite di famiglia
lui è tutte le voci
e come spesso succede
tutte le voci si scaldano

JÉRÉMY:

Devi ammetterlo, Ben, non eri proprio convinto, convinto...

IL PICCOLO:

È la verità...

THÉRÈSE:

Non so fino a che punto un simile atteggiamento nel padre sia positivo per il "vissuto" del bambino...

TU:

La zia Thérèse ha ragione, papà, le mie pareti neocorticali sono ancora tutte impregnate dei tuoi primi consigli: "*E tu, stronzetto, pensi proprio che sia il mondo, la famiglia, l'epoca giusta in cui atterrare? Non sei ancora qui e già frequenti cattive compagnie!*".

THÉRÈSE:

Bel modo di presentargli la nostra famiglia...

TU:

"*Lasciaci soli, tornatene alla beatitudine del limbo*". È questo che mi hai consigliato, no?

IL PICCOLO:

Ma davvero? Gli hai consigliato questo, Ben?

IO:

Non era un consiglio, era a malapena un'autorizzazione!

JÉRÉMY:

In ogni caso c'è di meglio come accoglienza.

TU (citandomi):

"*Rimettiti le ali e risali, nessuno te ne vorrà...*".

THÉRÈSE:

Il che significa non sono in tanti a sperare nel tuo arrivo...

IL PICCOLO:

Ma è una cosa schifosa! Persino Julius trova che sia una cosa schifosa!

IO:

Ma non ho detto solo questo! Un futuro papà è pieno di contraddizioni, è tutto sottosopra! Vedrete quando toccherà a voi! È qualcuno che pensa tutto e il contrario di tutto! La mia disperazione quando abbiamo ricevuto la lettera del dottore, per esempio, non conta niente?

TU:

Lascia perdere! Hai corso a perdifiato accusandoti

di tutti i peccati del mondo per i primi cinquecento metri e all'arrivo hai dato la colpa a me.

IO:

Io? Io ho dato la colpa a te?

TU:

Certo, per il dolore della mamma. Mi sembra ancora di sentirti, a sette mesi di distanza! "*Ma torna, mortacci tuoi! Non ti spenna le ali un dolore del genere? Che razza di angelo sei, porca puttana!*"

JÉRÉMY:

Dopo avergli detto e ridetto di risalire in cielo? Volevi tirarlo scemo, o cosa?

THÉRÈSE:

No, voleva solo colpevolizzarlo, come ogni padre che si rispetti. Secondo me, bisognerà prevedere un sostegno psicologico...

IL PICCOLO:

Noi gli vorremo bene. Stai tranquillo, noi ti vorremo bene! Vero Julius, che gli vorremo bene?

CLARA:

A tavola! La cena è pronta, e lasciate un po' in pace Benjamin!

5.
Apparizione

È stato a quel punto che hai deciso di nascere.

Hai bussato furiosamente alla porta e Gervaise è crollata.

Siamo venuti tutti quanti ad accoglierti.

Quando dico tutti, vuol dire proprio tutti, puoi fidarti dell'istinto della tribù.

Ci sono i Malaussène e i Ben Tayeb, naturalmente,

ci sono i vivi e ci sono i morti,

i nostri,

ma anche, intorno a noi, i morti sconosciuti, i morti della vita,

in piedi sugli spalti della loro eternità,

curiosissimi di sapere cosa sbucherà dalle cosce di Gervaise, che faccia avrà questo piccolo nuovo la cui comparsa giustificherà la loro esistenza e addolcirà la loro dipartita,

e i vivi che accompagnano Gervaise con i gesti e con la voce,

la regina Zabo, sempre straordinaria in queste occasioni: "Respiri! Spinga! Respiri! Spinga!", che trascina tutti gli altri come un vero e proprio maestro del coro mentre fra sé si chiedeva: "Ma cosa sto dicendo: respiri-spinga... cosa sto dicendo?".

Berthold, che assiste da vicino alla manovra, dando consigli al collega Postel: "Stai attento, Postel, mi raccomando non me lo sciupare, non vuoi lasciar fare a me?".

e Marty, che come sempre cerca di ridimensionare Berthold: "Non rompa, Berthold, non è figlio suo, è figlio di Malaussène!"

e io, naturalmente,

io,

con la mano di Julie stritolata nella mia

e l'altra mano che tortura le orecchie di Julius,

io così impaziente di vedere la faccia che ci farai dopo questi nove mesi di odissea...

perché potrebbe essere legittimamente corrucciata, la faccia, o terribilmente disillusa, o terrorizzata al massimo, o misticoide, aspirante all'assunzione immediata, oppure capricciosa oltre ogni ragionevolezza. Alquanto preoccupato, quindi, per tutte le tue possibili facce...

Quando d'un tratto,

qui,

ora,

alle cinque e quaranta del mattino,

alle sei meno venti, se preferisci,

flash di Clara:

la tua faccia!

immortalata nel secondo esatto in cui tagli il traguardo!

E Postel che presenta il campione all'adorazione delle folle.

E il silenzio che scende sotto il paracadute dell'estasi.
La tua faccia, esserino mio...

Oh! che bel silenzio...

Per niente ammaccata, la tua faccia, mica una faccia da superstite...
Né una faccia incavolata...
Nessuna paura...
E per niente disillusa...
Non il minimo rimpianto, mica una faccia da nostalgia...
Né rivolta verso l'alto, mica una faccia da scagnozzo del Grande Paranoico...
Nessuna idea preconcetta, nessuna mozione preclusiva, mica una faccia da contenzioso.
Non disposta a trovare il mondo tanto logico...
Né disposta a trovarlo assurdo...
Ma misterioso, piuttosto, interessante, insomma,
la faccia stessa della *curiosità*!
"È tutto voi due," dice Gervaise abbracciando Julie e me. "Un piccolo Signor Malaussène, non c'è dubbio."
"Ed è così che lo chiamiamo," ha dichiarato Jérémy.
"Cosa ti avevo detto," ha mormorato Julie.
"Malaussène?" ha domandato Thérèse.
"Signor Malaussène," ha detto Jérémy.
"Signor Malaussène?"
"Sì, con due maiuscole, *S*ignor *M*alaussène."
"Te l'immagini, a scuola? Signor Malaussène Malaussène..."
"La scuola ha visto ben di peggio."

"No, Signor Malaussène, no, non è possibile!"
"Eppure ce l'hai davanti a te."
"Signor Malaussène? Vedremo," ha detto la regina Zabo.
"C'è poco da vedere, Maestà."
"Signor Malaussène, allora?"
"Signor Malaussène."

ecco qua.

CRISTIANOS Y MOROS

Al Piccolo Louis Couton,
che ne ha letti degli altri

Vivi ringraziamenti a
Jean-Philippe Postel
che se li spartirà
equamente con
il professor Wagner

1.
Bartlebismo

"Voglio il mio papà."

Il Piccolo è entrato in camera nostra, si è piazzato davanti al nostro letto e ha dichiarato:

"Voglio il mio papà".

Era un mattino di giugno. Il giugno scorso. Le sei e mezza, le sette meno un quarto, o giù di lì. Comunque sia, prima delle sette. Belleville si stava svegliando, i camion della nettezza urbana non erano ancora passati, Signor Malaussène, l'ultimo nato della tribù, ronfava nella sua amaca al di sopra del letto matrimoniale, e Julius il Cane non sbatteva la coda contro la porta per rammentarmi l'esistenza della sua vescica. Non erano ancora le sette.

"Voglio il mio papà."

Ho strizzato gli occhi nella penombra. Ho guardato il Piccolo. Non era più alto della maniglia della porta, ma dovevo ammettere che in tutti quegli anni aveva finito col crescere, in incognito. Il signore accedeva all'umorismo, e me lo faceva sapere. Il signore stava semplicemente scherzando. Ha indicato il nuovo venuto nella sua amaca, al di sopra della mia testa, e con un sorriso malizioso ha precisato:

"Anch'io voglio il mio papà".

(Un grande che gioca a fare il piccolo, okay.) Ho risposto:

"D'accordo, ce l'avrai, il tuo papà. Intanto scendi ad apparecchiare la tavola. Arrivo subito".

E sono rimasto a letto. Godere degli ultimi minuti di tranquillità che precedono le prime battute dell'opera familiare è l'unico piacere che non ho mai ipotecato.

Quando sono sceso di sotto, tavola apparecchiata, cioccolata bollente, fette di pane e burro, succo d'arancia, campo di cereali sparso sulla tovaglia, l'officina marciava a pieno ritmo. Tutti avevano la giornata davanti a loro. Di lì a qualche minuto Clara avrebbe accompagnato Verdun, È Un Angelo e Signor Malaussène all'asilo di rue des Bois dove lei stessa aveva trovato lavoro, Jérémy e il Piccolo si sarebbero fiondati verso la scuola comune e, dopo aver dato una pulita al tavolo, Thérèse sarebbe andata a dispensare le sue consulenze astrali ai boccaloni di Belleville. (Malraux aveva ragione: il ventunesimo secolo sarà spirituale, la disoccupazione lavora allo scopo.) Di lì a qualche minuto la ferramenta sarebbe stata deserta. Lasciai che la schiuma salisse nella mia caffettiera turca, aspirando a quella solitudine, quando la voce di Thérèse mi fulminò come una scarica elettrica.

"Cosa aspetti a bere la tua cioccolata, Piccolo? Finirai per essere in ritardo!"

Il Piccolo se ne stava seduto, rigido nel fumo della sua tazza. Non aveva toccato le fette di pane e burro.

"Voglio il mio papà."

*

Sorvoliamo sulla giornata che seguì. Lavoro per tutti, compreso il sottoscritto alle Edizioni del Taglione (preoccupazioni familiari messe da parte: professionalità!) fino a sera, quando la cena ci restituì il Piccolo di nuovo pietrificato nel vapore della minestra.

"Voglio il mio papà."

"Non ha mangiato niente nemmeno in mensa," annunciò Jérémy.

La notizia provocò una serie di commenti in cui ciascuno suonò la propria partitura. Thérèse buttò lì le sue certezze, sostenendo che fosse "perfettamente naturale" che dopo la nascita di Signor Malaussène il Piccolo provasse una sindrome da abbandono e cercasse un "radicamento identitario", da ciò la rivendicazione "assolutamente legittima" di un "padre biologico incontestabile".

"Cazzate!" tagliò corto Jérémy. "Paternità biologica dei miei coglioni!"

Primo argomento di una accesa tirata nella quale Jérémy (ma, l'ho capito bene?) si propose di dimostrare che il padre è un'ipotesi di cui si può benissimo fare a meno, e che, nel caso specifico, se la nostra madre comune aveva preso la decisione di allontanare i nostri progenitori al momento del nostro arrivo, l'aveva fatto verosimilmente con cognizione di causa, "la mamma aveva le sue ragioni", che potevano essere solo buone ragioni, visto che la mamma "non era una così", ma "sapeva quello che faceva, la mamma!".

"La mamma non sa quello che fa, Thérèse? È così? È così? Ma dillo se è quello che pensi! La mamma non sa quello che fa?"

Silenzio esplosivo, in fondo al quale sentii la voce di Clara mormorare all'orecchio del Piccolo:

"Ma è Benjamin il nostro papà. Benjamin e anche Amar. Su, mangia la minestra, Piccolo".

"Preferirei il mio papà," rispose il Piccolo senza toccare il passato di verdura.

Quel condizionale presente ossessionò la mia nottata.

Prefer*irei*.

Il Piccolo aveva detto proprio: "Prefer*irei* il mio papà".

Ignoravo che il modo di un verbo potesse raggelarti il sangue. Fu proprio così. Per una ragione che non riuscivo a spiegarmi, quel condizionale presente imprigionò la mia nottata in un sarcofago di terrore. (Metafora penosa, lo so, ma non ero in grado di trovarne una migliore.) Nemmeno la forza di rigirarmi nel letto. E neanche la possibilità di confidarmi con Julie, visto che Julie non c'era. (Partita per una crociata, Julie, subito dopo la nascita di Signor Malaussène. Sì, appena ripresasi dal parto, Julie si era messa in testa di riunire sotto la sua criniera di leonessa tutti i giornalisti che dal mese di gennaio erano finiti in mezzo a una strada a causa del realismo liberale sulle risorse umane della stampa francese. Julie progettava niente meno che la creazione di un giornale che avrebbe fatto a meno della pubblicità, della gerarchia, delle agenzie di stampa e di "pregiudizi vari" [*sic*]. "Ci vorrà il tempo che ci vorrà, Benjamin, ma non aver paura, tornerò, non dimenticare che sei la mia portaerei preferita, coccola Signor Malaussène e non te la filare negli orari del biberon.") Julie era Julie e rimasi solo con il condizionale.

Che il Piccolo mi ripropose l'indomani, davanti alle sue fette di pane e burro intatte.

"Preferirei il mio papà."

Attaccava il suo secondo giorno di digiuno.

*

Fu alle Edizioni del Taglione che capii la ragione di quell'allergia al condizionale. In modo così brusco che rischiai di cadere dalla sedia.

Stavo suggerendo qualche correzione a un autore il cui manoscritto non aveva del tutto convinto la Regina Zabo, la mia santa patrona ("...Due cosette da niente, Malaussène, gli chieda di rifare l'inizio, di alleggerire il corpo del racconto, di pensare a un altro finale, di rendere più femminili i personaggi femminili e soprattutto di cambiare tono, è un testo troppo piatto, e noi abbiamo bisogno di uno stile, uno *stile*! Voglio sentire la sua *voce*!") quando l'autore in questione mi rispose, nel modo più cortese che ci sia:

"Preferirei non farlo".

Ancora una volta quel condizionale presente! Lo stesso del Piccolo. Un condizionale inflessibile. Di fatto, un imperativo di cortesia. Ma un imperativo categorico. Quel tizio non avrebbe toccato una sola parola del suo testo. A costo di morirne, non avrebbe cambiato una virgola. Nel medesimo istante, capii che il Piccolo non avrebbe mangiato più niente finché non avessi ritrovato il suo vero padre. Si sarebbe semplicemente lasciato morire. Di fame. Alzai la testa. L'autore se ne stava lì, seduto davanti a me, impassibile e mite. Due espressioni mi attraversarono la mente: *pietoso nella sua rispettabilità, incurabilmente perduto.* E una terza, per fare buon peso: *scialbo nella sua dignità.* Come un cadavere.

"Non si sente bene?"

Ed era lui a chiedermelo! Feci uno sforzo titanico per rispondergli:

"No, no, sto bene, non è niente, stia a sentire, la capisco... mi spiace... magari un altro editore... mi scusi, un'urgenza...".

Una lettura! Ecco da dove mi veniva quell'ossessione del condizionale. Una lettura che avevo fatto! Una lettura, un giorno, e il virus del condizionale nel sangue.

Ormai avevo solo un'urgenza, verificare le mie fonti, verificare! Verificare!

Richiusa la porta, mi precipitai sull'interfono e pregai Maçon di annullare tutti gli appuntamenti della mattinata.

"Ne ha sei, Malaussène, di cui due che la stanno già aspettando."

"Annunci loro la mia morte. Loussa è in casa editrice?"

"È in riunione con i rappresentanti, perché?"

"Per cortesia, gli dica di raggiungermi in biblioteca appena può. Non ci sono per nessuno eccetto che per lui."

Arrivato in biblioteca, impiegai circa due secondi per mettere le mani sul *Bartleby* di Melville. *Bartleby*! Herman Melville, *Bartleby,* esatto. Chi ha letto questo lungo racconto sa di quale terrore può caricarsi il modo condizionale. Chi lo leggerà, lo saprà. Herman Melville, *Bartleby.* Aprii il volume, mi ci tuffai senza precauzioni, come verso l'ultima mano dell'annegato, e cascai esattamente sul primo incontro fra il narratore (un procuratore incline all'umanesimo) e il sunnominato Bartleby, che dà il titolo al racconto.

In risposta a un'inserzione, un immobile giovanotto comparve un bel mattino sulla soglia del mio ufficio, essendo la porta aperta perché s'era d'estate. Rivedo ancora quella figura, scialba nella sua dignità, pietosa nella sua rispettabilità, incurabilmente perduta! Era Bartleby.

Era proprio Bartleby. Sì. Ecco. Era Bartleby. Proseguii la lettura fino al primo rifiuto di Bartleby. (Scrivano presso quell'uomo di legge, di lì a qualche pagina Bartleby avrebbe rifiutato di esaminare un testo con lui.)

Immaginate la mia sorpresa, meglio, la mia costernazione, quando, senza muoversi dal suo privato, Bartleby con voce singolarmente mite, ma ferma, replicò: "Avrei preferenza di no".

Seguiva una nota sulla traduzione più adeguata dell'espressione utilizzata da Bartleby *I would prefer not to*. Bisognava scrivere, come aveva fatto la traduttrice in una precedente edizione, *Preferirei non farlo*, o modernizzare l'espressione optando per quel *Avrei preferenza di no*, meno cordiale ma più deciso? La difficoltà sta tutta in quel *not to* finale, particolarità della lingua inglese intraducibile per noi. Tutta la determinazione di Bartleby risulta proprio dall'opposizione tra l'apparente cortesia del condizionale *I would prefer* e la perentorietà di quel *not to*.

"Preferenza di no?" Gli feci eco, alzandomi in grande eccitazione, e attraversando la stanza d'un balzo. "Come sarebbe a dire? Cosa vi prende? Voglio che m'aiutate a

esaminar codesto foglio, prendetelo," e glielo gettai. "Avrei preferenza di no," diss'egli.

I would prefer not to.

Leggendo, mi sorpresi a tradurre in inglese la rivendicazione del Piccolo. Finché era rimasto sulla terraferma dell'indicativo: "Voglio il mio papà... *I want my daddy*", non mi ero preoccupato, vi avevo anzi visto un simpatico invito allo scherzo. Le cose si erano guastate quando il Piccolo aveva barattato il verbo volere con il verbo preferire e l'onesto indicativo con quel condizionale furbastro, "preferirei il mio papà". "I would prefer my daddy."

Lo guardai impietrito. Il suo volto era smunto e composto, gli occhi grigi tranquilli e velati. Non un segno di turbamento lo animava. Fossevi stata, nei suoi modi, la minima traccia d'inquietudine, collera, impazienza o impertinenza; in altre parole fossevi stato in lui alcun tratto d'ordinaria umanità, senza meno l'avrei cacciato di forza dai miei uffici! Ma, per come stavano le cose non mi sarebbe parso altrimenti che cacciar dalla porta il mio pallido busto in gesso di Cicerone.

Il fatto è che dopo quel maledetto condizionale la faccia del Piccolo aveva perso ogni espressione. Solo i suoi occhiali rosa parevano ancora vivi. Né dolore, né invidia, né rabbia... Nemmeno determinazione! Una faccia deserta. "Preferirei il mio papà." "*I would prefer my daddy...*" Una preferenza che bastava a se stessa. Non c'era alcun dubbio, il Piccolo era affetto da bartlebismo. E i lettori di Bartleby sanno a quali estremi può condurre questa malattia!

*

Ero tutto preso in questi rimuginamenti quando il mio amico Loussa de Casamance, specialista – senegalese – di letteratura cinese, e fratello di latte della mia regina Zabo, fece irruzione in biblioteca.

"Nin hao, coglioncello? (Buongiorno, coglioncello), come va?"

Gli risposi bruscamente:

"Bù (Male)".

E aggiunsi:

"Malissimo".

Giusto per fargli capire che il momento era grave e che non ero in vena di discuterne nella sua lingua di elezione.

"Méi wènti! figliolo," rispose lui senza scoraggiarsi (Non c'è problema, figliolo.)

E chiese:

"Di cosa si tratta?".

Quando gli ebbi descritto i sintomi del Piccolo ed esposto i miei timori, prese un'aria pensierosa.

"Bartlebismo, eh?"

"Sì, nella forma più acuta."

Posò su di me uno sguardo senza illusioni.

"Suppongo sia inutile che ti faccia notare che *Bartleby* è un *racconto* (accentuò la parola racconto) che rientra nella sfera della pura *finzione* (insistette sul termine finzione) e che in esso Melville non manifesta alcuna pretesa di diagnosi *medica*." (Sottolineò anche questo aggettivo.)

"Infatti, è inutile."

"Se vi è una diagnosi, questa concerne la specie umana in generale, come d'altronde dimostrano le ultime quattro parole del racconto."

"Lo so. 'Ah! Bartleby! Ah! Umanità!'"

"Lo sai."

Calò un silenzio che non era esattamente di scoraggiamento.

"Se non posso convincerti che il bartlebismo non è una malattia reale, allora devo ragionare con te come se il Piccolo fosse *realmente* affetto da bartlebismo. È così?"

"È così."

"Bene, partiamo da questa premessa!" rispose lui con entusiasmo. "Ma in un ristorante, se non ti dispiace, ho una fame da lupo. Stiamo da queste parti o filiamo sulle tue terre? Sarei tentato da un buon cuscus, ti va? Che ne dici de *L'Homme Bleu*? Buttiamoci sul berbero. Ti offro un *mesfouf* della sposa: semola, cannella, piselli, fiore d'arancio, raccoglimento e uva passa, che te ne pare?"

Il seguito, quindi, all'*Homme bleu*, da Youcef e Alì, davanti a un *gris* ghiacciato dal quale Loussa attinse la sua forza di persuasione.

"D'accordo. Vada per il tuo bartlebismo. Forse, dopo tutto, quelle pagine celano *anche* una verità clinica. Non per niente sono il più bel racconto del mondo..."

Lungo sorso di gris.

"Non bevi?"

Per poi posare il suo bicchiere.

"Vedo tuttavia una notevole differenza tra il tuo fratellino con gli occhiali rosa e quel povero Bartleby."

"Io no. La loro faccia ha la stessa espressione."

"Vuoi dire la stessa *assenza* di espressione, suppongo. Una faccia per due, in un certo senso."

A quel punto, ho perso la pazienza.

"Finiscila di rompermi le palle con le tue paroline in corsivo e le tue cautele all'inglese, Loussa! 'Temo che...', 'Intendi dire...', 'Suppongo...', 'In un certo senso...', non siamo due ex allievi di Cambridge intenti a parlare di sesso salvando le forme, porca puttana!"

E, già che c'ero, aggiunsi che quanto a me non ero affetto da bovarismo e sapevo benissimo distinguere ciò che atteneva alla letteratura da ciò che rientrava nella sfera della patologia, che Bartleby, nel caso specifico, svolgeva solo la funzione di una metafora, ma luminosa come un razzo di emergenza.

"Ti sto parlando del mio fratellino più piccolo che mi fa uno sciopero della fame!"

"Come Bartleby. Precisamente. Ma non lo stesso sciopero."

"Cosa vuol dire non lo stesso sciopero?"

"Bartleby 'would prefer *not to*'. Il tuo fratellino con gli occhiali rosa 'would prefer *il suo papà*'. La cosa mi sembra più... costruttiva. Basta ritrovare il *daddy* in questione."

"Credi che non ci abbia pensato? Il papà del Piccolo è introvabile come un desiderio qualsiasi nel petto di Bartleby."

"Non esiste?"

"Impossibile da ritrovare, ti dico. Probabilmente morto, peraltro."

"Tua madre non ha una qualche idea sulla questione?"

"Mia madre tiene i suoi archivi aggiornati. Conosce l'indirizzo di tutti i suoi uomini, tranne di quello."

"Basta scovarne un altro! Uno qualsiasi. Non mancherà certo un bravo cristo disposto a svolgere un ruolo tanto onorevole. Io stesso, se posso farti questo piacere..."

Il tutto detto posando la sua scura mano di Casamance sulla mia bianca mano di qui. Ebbe un sorriso di fronte al contrasto.

"Con un po' di persuasione..."

"Non dubito del tuo talento in questo campo, Loussa, ma il Piccolo non ci cascherà. Se gli rifiliamo una comparsa al posto del papà, non facciamo che precipitare la catastrofe."

"L'istinto?"

"Suppongo, come direbbero i tuoi amici inglesi."

"Wo huaiyi (dubito), risponderebbero i miei amici cinesi."

"Eppure è così."

Seguì un silenzio senza via d'uscita durante il quale Youcef posò la semola sul tavolo. Loussa servì il cuscus ed era come un sovrappiù di silenzio che cadeva nei nostri piatti. Pioggia silenziosa della semola... Dune, ben presto... Tregua, un poco... Tanto che finii per mormorare:

"È strano, tra l'altro, se ci ripenso... Il padre del Piccolo è l'unico uomo di mia madre che sia vissuto sotto il nostro tetto".

"Ah sì? Allora lo conosci..."

"No."

E Loussa mi fece una proposta.

"Ascolta, ci concediamo una traversata del deserto e mi racconti tutto all'arrivo, d'accordo? Durante il tè alla menta."

Dovetti quindi, durante il tè alla menta, risalire a una decina di mesi prima dell'arrivo del Piccolo. È un passato difficile da immaginare, oggi che il Piccolo, con i suoi occhiali rosa (o rossi, ne ha due paia) mi sembra presente da sempre nel mio paesaggio. I nostri bambini risalgono a un tempo immemorabile...

Osservazioni preliminari che Loussa accolse con una pazienza da beduino.

"Per carità," fece lui, "prendi tutto il tempo che ti serve."

Un filo di tè cadde dal cielo nel mio bicchiere damaschinato.

"Ho un amico," dissi, "che sostiene di non aver mai visto il padre a secco. Ubriaco fradicio dal mattino alla sera. Ciucco perso. Non l'ha visto sobrio nemmeno una volta... Proprio come me. Non ho mai visto mia madre altro che incinta."

"Eppure non siete tanto numerosi nella vostra tribù."

"Non tieni conto degli aborti spontanei."

"Scusa," buttò lì Loussa come se avessi appena evocato una serie di lutti recenti.

"Non è un male. Regolazione naturale della specie... in funzione del nostro spazio abitabile, forse, o del mio stipendio al Taglione, va a sapere. Se la natura avesse lasciato fare a mia madre secondo il suo cuore, adesso la ferramenta che ci funge da casa assomiglierebbe a un orfanotrofio di Dickens. Sarei costretto a storpiarne la metà per mandarli in giro a chiedere l'elemosina."

La prendevo alla larga. Rimestavo una maionese che cominciava a montare.

"Era..."

2.
Il dono del cielo

Pioveva, quel pomeriggio. Riportavamo a casa la mamma dall'ospedale, vuota di un bambino e piena di lacrime, sotto un cielo che spurgava. L'atmosfera era della serie vendetta divina, me lo ricordo molto bene. Pioveva ininterrottamente da tre giorni. La Senna minacciava di spazzare via tutto. I soliti raccomandati di ferro pensavano già di farsi un'arca.

La mamma gemeva.

"È terribile avere amato per niente, Benjamin."

Stringevo la mano di mia madre in un'ambulanza che lottava per non affogare.

"Riposati mammina."

"È l'ultima volta, mio grande, te lo giuro."

La mamma si aggrappava ai giuramenti.

"Riposati."

"Sei un buon figlio, piccolo mio."

Il buon figlio faceva la sua funzione.

"Non sei una cattiva madre."

Lamenti e consolazioni urlati sotto il tettuccio di un'ambulanza contro cui si accaniva il Divino Batterista.

"Cosa dici?"

“Dico che sei una brava madre!”

Davanti, la situazione non era molto più allegra. Hadouch guidava l’ambulanza accanto a mia sorella Louna, che piangeva quanto la mamma. Louna era appena stata piantata da un medico del suo ospedale, un neurologo. Ci aveva lasciato un bel pezzo di cuore.

“Gliela faccio vedere io, a quel figlio di un cane,” urlava Hadouch. “Lasciami mano libera, Louna, e gli insegnerò io come si ama!”

“No, Hadouch, lascialo, non è colpa sua, è colpa mia. Te lo giuro, sono io, sono io!”

“Non ti si tratta così, Louna! Nessuno può trattarti così. Non finché ci sono io. Sull’onore di mia madre! Gli metterò Mo e Simon alle costole, così capirà cosa vuol dire soffrire, quel mandrillo! Come si chiama?”

“Non è colpa sua, Hadouch, sono io!”

Louna aveva preso la piega inversa a quella di nostra madre. Si faceva mollare tanto quanto la mamma scaricava gli uomini. Come se cercasse di ristabilire una specie di equità nella repubblica dell’amore. Ma cadeva ogni volta da così in alto e si faceva così male che a me e a Hadouch venivano desideri omicidi. Solo che vendicare Louna voleva dire spopolare la facoltà di medicina. Nemmeno Hadouch e i suoi amici sarebbero bastati. All’epoca Louna era già infermiera. Il corpo medico apprezzava alquanto il suo. Lei si concedeva senza calcoli, ma aspettandosi molto. Credeva che in noi ci fosse un’anima.

Morale, all’interno dell’ambulanza pioveva quanto su Parigi. I tergicristalli mescolavano le acque del diluvio con quelle della disperazione. Un periodo tragico, in effetti. Una di quelle depressioni domestiche che ti fanno desiderare una guerra mondiale, un buon cancro, un diversivo insomma, un nulla di distrazione.

Fu esattamente quello che il Destino ci regalò, sotto forma di una calandra di Mercedes che sbucò alla nostra sinistra, in una colonna d'acqua (la rivedo benissimo, quella calandra istantanea):

"Cacchio!".

Colpo di timone a destra di Hadouch, colpo di timone a sinistra dell'altro, le carrozzerie che si evitano per un pelo, l'ambulanza che si arrampica sul marciapiede, derapata della Mercedes.

La cui porta posteriore si apre.

Da qui rotola fuori una cosa che viene a stendersi sulla nostra traiettoria.

"Attenzione!"

Nuova sterzata.

Urto.

"Porco di un..."

"Cos'è?"

"Qualcuno, credo."

"Qualcuno?"

"Un corpo. Un tizio. Qualcosa del genere."

"L'abbiamo toccato?"

"Probabile."

"Non ti muovere. Vado a vedere."

"No, stai qui, vado io."

"Sono infermiera, Hadouch."

E la mamma, dietro:

"Che succede, mio grande?".

IO: Niente, mamma, abbiamo solo messo sotto uno, non ti preoccupare.

Fuori, Louna sotto il diluvio, china sul corpo steso

accanto all'ambulanza, nel torrente del canaletto di scolo. Hadouch, bagnato fradicio, in piedi accanto a lei. La Mercedes, immobile, poco lontano, e una sagoma che si avvicina sotto la pioggia, una sagoma tozza, schiacciata dal cielo, un marcantonio che pesta i piedi nelle pozzanghere senza curarsi dell'orlo dei pantaloni, un puro prodotto del temporale. È a un passo da Hadouch. Invece di rivolgergli la parola, gli pianta direttamente la canna di una pistola tra le costole. (Il tutto avveniva contro il mio finestrino: proprio una pistola di grosso calibro, nelle costole del mio amico Hadouch.) Al che io apro il finestrino girando la manovella come un forsennato, sperando di:

1) Non essere individuato.

2) Disarmare l'altro prima che prema il grilletto.

3) Uscirne vivo (in via accessoria).

Vane congetture, poiché tutto avvenne così in fretta e in modo così violento che il mio unico riflesso fu di richiudere i due centimetri di finestrino che avevo aperto.

Un bagliore pallido scaturì dalla tasca di Hadouch – la lama del suo coltello –, uno schizzo di sangue fresco sul finestrino subito lavato dalla pioggia, la mano del colosso che si prende la faccia, mentre l'altra mano lascia andare la pistola, diventata un po' pesante da reggere con dieci centimetri di acciaio nel polso.

Ed ecco che il colosso se ne torna verso la Mercedes saltellando nelle pozzanghere.

Mentre un secondo tizio balza fuori della macchina.

Per risalirci subito, visto che Hadouch gli punta contro l'arma del primo.

Le porte della Mercedes si richiudono.

Separazione.
Di nuovo fra noi.
Hadouch ha aperto il sedere dell'ambulanza.
"Manda giù la lettiga, Ben, c'è un caso urgente!"
Ho mandato giù la lettiga su rotelle ed è così che il futuro padre del Piccolo è entrato in famiglia.
"Santo Dio..."
Nemmeno Hadouch aveva mai visto un tizio conciato a quel modo. Nemmeno Louna, che pure si era fatta le ossa al Pronto Soccorso.
"L'abbiamo messo sotto?"
"Avremmo dovuto. Gli avremmo abbreviato le sofferenze."
"Cosa gli è successo?"
"Vacanze tra amici," ha risposto Hadouch. "I tipi della Mercedes, suppongo. Dovevano volergli molto bene."
"Torniamo all'ospedale," disse Louna. "Benjamin, sali davanti."
Mi sono seduto accanto a Hadouch mentre Louna puntureggiava il suo paziente, lo intubava, lo protesizzava. Ben presto l'ambulanza fu tutta tubi e lampeggiamenti.
"Possiamo ripartire?" domandò la mamma.
"Era un pezzo che qualcuno non mi puntava una pistola contro," fece Hadouch con il sorriso dello sportivo finalmente uscito dalla convalescenza. "Hai visto? Gli ho fregato la cacafuoco."
Hadouch posò l'arma in mezzo a noi.
"Roba buona. 11,43. La regalerò a Simon, visto che dopodomani è il suo compleanno. Era un po' che doveva cambiare la sua. Pensare che io e Mo non sapevamo cosa regalargli."

"È un pensiero gentile," dissi.

"Quando arriviamo?" chiese la mamma.

Louna puliva una faccia ammaccata, tutta croste e umori. Tutt'a un tratto si sporse tra Hadouch e me.

"Fermatevi ragazzi."

"Che c'è? È morto?"

"Ferma l'ambulanza, Hadouch, accosta. Dobbiamo parlare."

Hadouch trovò un riparo sotto due ippocastani strizzati e Louna ci espose la situazione, con un inaspettato:

"Questo tizio lo conosco".

Conosceva il nostro autostoppista. Senza davvero conoscerlo. Era un paziente del suo ospedale. L'aveva visto per la prima volta una quindicina di giorni prima, al Pronto Soccorso, già mezzo morto, rovesciato sul pavimento del corridoio, senza che nessuno sapesse chi l'aveva portato lì. All'unanimità gli infermieri e i medici di guardia l'avevano dato per effimero. Era stato torturato al di là del possibile. Ma non l'avevano ucciso. Come se cercassero di aprire una scatola con la combinazione. Quel tizio sapeva una cosetta che altri volevano sapere. Qualcuno era andato a cercare il suo segreto sotto le unghie. Strappandole una a una. Dovevano aver cominciato da lì. Poi avevano fatto un giro nella bocca, dove i denti non erano più presentabili. E avevano continuato. Risultato: qualche ora di vita, al massimo. Invece aveva passato la notte. Una prodezza talmente eccezionale che il giorno dopo tutti i luminari avevano voluto visitarlo. "Tre giorni!" I dottori più ottimisti gli davano ancora tre giorni. Li superò. La cosa si faceva eccitante. I medici cominciarono ad accettare scommesse. Il neurologo ex di Louna faceva salire le offerte. "Diecimila testoni che supera la settimana! Chi mi segue per un milioncino?" Diventò il paziente più coccolato dell'ospedale.

"Come si chiama?" chiese Hadouch.

"Non ha nome," rispose Louna.

"Non vi ha parlato?"

"Non proprio. Delirava. In inglese, con un accento americano."

L'americano stava per superare la settimana (e il neurologo per intascare la scommessa) quando la notte del settimo giorno scomparve.

"Cosa?"

"Rapito. Durante la notte. Uno degli infermieri di guardia è stato ritrovato nel suo letto, al suo posto. Morto."

Sì, d'un tratto mi ricordai, Louna mi aveva raccontato la storia di un rapimento, una settimana prima. Ma aveva tralasciato i particolari, presa com'era dall'abbandono del suo neurologo. ("Non sono capace di amare, tutto qua! Non sono capace di amare. Tecnicamente, non dico di no, non sono pessima, ma è il cuore; hanno ragione, Benjamin, mi attacco troppo!")

"Non possiamo riportarlo all'ospedale," concluse Louna. "Lo riprenderanno subito e lo finiranno dopo che l'avranno fatto parlare."

"Un altro ospedale?" ho suggerito.

"Faranno il giro di tutti gli ospedali di Parigi. Figurati, gente capace di uccidere un infermiere di guardia per rapire un malato..."

"La polizia?"

L'ironia di Hadouch mi ha bloccato di netto.

"Buona idea! La pula ci chiederà in quali circostanze ci siamo incontrati e se ho davvero intenzione di regalare la 11,43 a Simon per il suo compleanno... No, no, va benissimo andare dalla pula!"

Tutt'a un tratto i suoi occhi si illuminarono e lui indicò qualcosa dietro di me:

"Toh, così già che ci siamo potremo restituirgli questo...".

Mi sono voltato.

"Cosa, questo?"

"Questo! Incastrato nella guida del finestrino."

Un pezzo di gomma, all'apparenza, di un rosa slavato. Incastrato in cima al finestrino, in effetti. Il mio stomaco mi disse prima dei miei occhi che cos'era. Un orecchio! Quello del mastino con la 11,43. Da cui lo schizzo di sangue, naturalmente. Feci appena in tempo ad aprire la portiera per non vomitare sulle ginocchia di Hadouch.

Quando potei finalmente tirare dentro la testa nell'ambulanza, Louna aveva infilato l'orecchio in un sacchetto sterile e la loro decisione era presa.

"Lo nasconderemo da noi."

"Chi?"

"Il nostro ferito. Lo curerò a casa."

"Neanche a parlarne!"

Prodigioso, il numero di immagini sgradevoli che mi sono venute in mente a questa sola prospettiva. Per farla breve, mi sono visto con una madre in lutto, una sorella che muore d'amore, a cui ci si proponeva semplicemente di aggiungere uno sconosciuto agonizzante e detentore di una verità che faceva gola ai peggiori killer della capitale.

"No!" ho ripetuto. "No, no! Questo no!"

"Posso parlarti un attimo, Ben?"

Hadouch è sceso dall'ambulanza. L'ho raggiunto sotto la pioggia.

"Hai paura che vengano a farci visita, è così? Che il cattivo venga a riprendersi il suo tipo e il suo orecchio?"

"Sì, anche."

Hadouch mi ha posato la mano sulla spalla.

"Mi dai un dispiacere, Ben. Offendi l'arabo in me. Non siamo in grado di proteggervi? Mo e Simon sono delle pappemolle? Gli farà piacere saperlo... Allora non ti fidi più? Non ti piace più Belleville?"

"Non volevo dire questo."

"E Louna? Hai pensato a Louna?"

Su, andiamo, cosa c'era da pensare a proposito di Louna?

"Questa faccenda è un baratto dell'anima, Ben. Louna ha bisogno del suo moribondo per cicatrizzare. Non l'hai capito? Ci si dedicherà fino a dimenticare, se vuoi il mio parere. È la cosa migliore che poteva capitarle. Un dono del cielo, in un certo senso. Preferisci che lei dimentichi o che io vada a castrare il suo neurologo?"

Siamo risaliti sull'ambulanza. Ho guardato il dono del cielo.

"Dio santo com'è magro!"

Louna ha risposto:

"È il verme solitario, Ben".

Ha precisato:

"Ha la tenia".

3.

La memoria della tenia

Ricordare significa sottrarre. Eravamo solo in cinque, all'epoca. Mancavano il Piccolo, ovviamente, e Verdun, e È Un Angelo e Signor Malaussène, e Julie, che non avevo ancora incontrato. Lo stesso Julius il Cane aspettava di nascere per sceglierci. Restavano Louna, Thérèse, Clara, Jérémy e io. Più la mamma, quando c'era.

Nell'insieme, il nostro suppliziato fu accolto bene.

"Lo cureremo," ha detto Jérémy. "Lo cureremo e lo terremo d'occhio."

"Lo terremo?" ha chiesto Thérèse. "Perché dovremmo tenerlo? Non lo conosciamo nemmeno!"

"Non ho detto 'lo terremo'," ha risposto Jérémy, "ho detto 'lo terremo d'occhio'."

E poiché Thérèse si ostinava a non capire:

"Lo terremo a bada, no! Gli faremo la guardia! Da sentinelle! Non *lo terremo*! Lo terremo d'occhio perché nessuno venga a fargli del male! Hai capito o sei troppo scema?".

Thérèse e Jérémy coltivano da sempre quest'arte del quiproquo che è il sale dei loro rapporti. D'accordo su tutto, non si intendono su niente. È il loro modo di sopportare il contratto a vita della fraternità.

"Vuoi dire proteggerlo."

Thérèse era già molto rigida sulle parole. Produceva piccole frasi elettriche e ben strutturate nelle quali raramente il lessico poteva concedersi qualche follia.

"Esatto, tenerlo d'occhio."

Sta di fatto che il nostro ospite fu "tenuto d'occhio" molto bene. Hadouch era una piovra. I suoi bracci destri avevano altri bracci destri. Mo il Mossi e Simon il Cabila regnavano su un esercito di luogotenenti che a loro volta non contavano più i loro soldati... Avvicinarsi a meno di ottocento metri dalla nostra ferramenta voleva dire passare attraverso uno scanner che ti scandagliava fino alla terza generazione. Il mastino dall'orecchio mozzo ne fece le spese. Aveva creduto di potersi concedere una piccola ricognizione a Belleville, con il berretto calcato sulla testa e il muso insignificante, ma se n'era tornato indietro prima del previsto, troppo felice di non lasciarci il secondo orecchio.

"Convinto?" mi chiese Hadouch.

Belleville si era richiusa su di noi. I nostri angeli custodi avevano aperto le ali. La tribù poteva uscire a occhi chiusi. Eravamo temporaneamente immortali. Persino la pioggia esitava a bagnarci.

Quanto al nostro moribondo, aveva barattato un ospedale con una fortezza in cui ciascuno si consacrava alla sua resurrezione.

"Che cos'ha, esattamente?"

Louna descrisse il disastro anatomico di fronte a un'aula stracolma. C'era la tribù Malaussène al completo, naturalmente, ma c'erano anche i Ben Tayeb, il vecchio Amar e Yasmina, più Hadouch, Mo e Simon, scortati dal loro stato maggiore. Il tutto avveniva su in camera mia, dove in un profumo di etere giaceva lo scorticato. (La mamma, dal canto suo, si ostinava a rimanere a letto a piangere la morte di un essere che non era nato.)

Louna esercitava in camice bianco. Atmosfera asettica e studiosa.

"Nessuna ferita letale, ma uno stato di disidratazione e di cachessia tale che la sua vita è appesa a un filo."

Hadouch traduceva alle sue truppe:

"Significa che non ha niente di mortale. Muore solo di fame e di sete. A parte questo?".

Louna sgranava il rosario del martirio.

"Unghie strappate, denti rotti, bruciature varie..."

"È come se avessero voluto spennarlo come un pollo," fece osservare il vecchio Amar. "Guardate la pelle del petto..."

"Un cannello," fece Simon. "Avevano fretta. È come dipingere con il rullo..."

Le conoscenze di Hadouch in fatto di bruciature prospettiche perfezionarono la diagnosi.

"I piccoli cerchi, lì, sulle braccia, sono le sigarette dei soldati. 'Bionde' con la brace appuntita. Ma i crateri, sulla pianta dei piedi, sono sigari. È stato intervistato dal capo della banda. Un pezzo grosso che si dà al *double corona*. Un imprudente, uno che lascia tracce."

Mo il Mossi emise un'ipotesi.

"Se ne fregavano delle tracce. Volevano farlo parlare e poi accopparlo."

"Su un cadavere, le tracce diventano indizi," obiettò Hadouch.

L'uditorio prendeva mentalmente nota.

Louna proseguiva la sua lezione di anatomia sgangherata.

"Una spalla lussata, emartro del ginocchio, due costole rotte..."

MO: Costole scassate? Ha i polmoni bucati?

LOUNA: No, nessuna perforazione polmonare, non sputa sangue. Semmai lo vomita. Deve averne ingoiato parecchio.

MO: Questo risale a quando si sono occupati dei suoi denti!(Ai suoi uomini:) Bisogna sempre farli sputare quando si lavora sui denti! Sennò quelli mandano giù, mandano giù e quando meno te lo aspetti lo sparano dappertutto.

LOUNA: Piaghe infette, ulcerazioni delle caviglie e dei polsi...

SIMON: Da quant'è che è scomparso dal tuo ospedale?

LOUNA: Da circa dieci giorni.

SIMON (Ai suoi uomini): L'hanno tenuto legato per dieci giorni.

HADOUCH: Un altro indizio. Che cosa viene fuori, in totale?

Louna scosse una testa pessimista.

"Costanti catastrofiche: la pressione è scesa a 60, l'azotemia è al massimo... ionogramma pietoso, febbre permanente..."

"Ha qualche possibilità di cavarsela?"

Una voce nuova sentenziò:

"Non morirà".

Tutti tacquero. Thérèse si fece largo tra i presenti, rigida come un verdetto, scostò Louna con la sola autorità dei suoi occhi, prese la mano del martire, la voltò come una sogliola, ne lisciò il palmo, lungamente, e si immerse in una lettura silenziosa al termine della quale ripeté:

"Non morirà".

Poi precisò:

"Non è una persona qualsiasi!".

E ancora:

"Andrà lontano!".

JÉRÉMY: Piantala di fare la misteriosa! Dicci piuttosto chi è.

THÉRÈSE: Le linee della mano non sono una carta d'identità.

JÉRÉMY: Allora a cosa servono le tue cazzate?

THÉRÈSE: Ad annunciarvi che non morirà.

JÉRÉMY: Per forza, se lo cureremo!

Controversia interrotta da Clara che era scivolata ai piedi del letto, con la sua discrezione da fotografa, la sua arte così dolce della trasparenza, l'occhio tuffato nella vecchia Rollei, il braccio alzato, il pollice sullo scatto, e:

Flash!

"Noooooo! Manfred, I didn't kill you!"

Fu forse il lampo del flash? Il ferito si tirò su a squadra, e con una voce straordinariamente potente per un mezzomorto sbraitò quella frase, in inglese:

"Nooooo! Manfred, I didn't kill you!".

Veniva così dal profondo, portava con sé un tale dolore, era un'affermazione di una tale violenza, una pena così distruttrice, e passava attraverso due occhi talmente sbarrati che la mia pelle si rivoltò tutt'intera.

"Cosa dice?" chiese Jérémy.

"Si rivolge a un certo Manfred," tradusse Thérèse. "Gli dice di non averlo ucciso."

"Ah, capisco," disse Hadouch, "è un tipo del mestiere..."

*

Tutto sommato cascava bene, il tipo del mestiere. Le campane di Pasqua avevano appena suonato il riposo scolastico. E se le vacanze di Thérèse o di Clara non ponevano mai problemi – entrambe si dedicavano silenziosamente alle rispettive passioni – Jérémy, dal canto suo, non era il tipo di sbarbato capace di distrarsi con l'aeromodellismo. Quanto a mandarlo in colonia, voleva dire correre il rischio di una guerra di decolonizzazione.

No, il nostro ospite capitava a fagiolo. Fissava le truppe di Hadouch, consolava Louna, frenava Jérémy, appassionava Thérèse, e credo di non sbagliarmi nell'affermare che se Clara è diventata una cuoca provetta è grazie al suo passaggio in famiglia. All'arrivo, mancava di tutto – glucidi, protidi, lipidi, la collezione completa delle vitamine e molta acqua per legare il tutto –, fu necessario nutrirlo bene e in gran quantità. Un'alimentazione equilibrata, dunque, ma abbondante.

"E la qualità, soprattutto, la qualità francese! È un americano, non deve andarsene via deluso."

Su questo punto Jérémy era inflessibile.

Dai *tournedos Rossini* al filetto di sogliola in salsa Mornay, passando per la *blanquette de veau* e il *bœuf bourguignon*, ebbe diritto a una vera e propria cultura, completata, a intervalli regolari, dal cuscus di Yasmina e dalla spalla d'agnello alla Montalban. Pranzi e cene da re. Secoli di gastronomia eretti contro la barbarie hamburger. Clara cucinava al millimetro e Jérémy si occupava della presentazione. Era diventato esperto in cibi al cartoccio. Cosa che Thérèse giudicava superflua visto che ogni piatto, per quanto elaborato, doveva essere frullato per finire in una tasca che Louna collegava alla sonda gastrica.

"Il fatto che possa mangiare solo delle pappette non significa che dobbiamo trascurare la decorazione," spiegava Jérémy a Thérèse. "Guarda me: quando non ho niente da dire in un tema, curo molto lo stile. È una questione di principio."

"Non hai dimenticato la medicazione per lo stomaco?" domandava Louna.

"Sonda spedita!" annunciava Jérémy come se rispondesse all'ufficiale di quarto: "Potete mettere in pressione!".

Allora Louna premeva la tasca di gomma. Gli occhi della famiglia seguivano l'avanzare del cibo negli anelli della sonda, poi l'attenzione generale si spostava sulla faccia del malato:

"Si direbbe che gli piace".

Temporaneamente impiastrato nella medicazione per lo stomaco, il verme solitario si raggomitolava su se stesso e lasciava mangiare il suo ospite, la cui faccia si faceva rosea.

"Sì, sembra che apprezzi."

"Ci mancherebbe! È tutta roba di prima scelta. Sono andato a fare la spesa in place des Fêtes."

Tutte parole destinate a rassicurarci, perché in realtà se quei pasti procedevano bene, la maggior parte finiva male. Quel poco di forza che il nostro malato vi attingeva si esauriva qualche minuto dopo l'alimentazione con sonda in un urlo – sempre lo stesso – cacciato all'apice della rabbia:

"Cristianos y Moros!".

E lui ricadeva esangue sul guanciale, come se non avesse mangiato niente.

La prima volta, Jérémy chiese:

"Cosa vuol dire?".

"Cristiani e Mori!" tradusse Thérèse.

"Mori?"

"Arabi," precisò Thérèse.

"Cos'è, inglese?"

"Spagnolo," corresse Thérèse.

"Cristianos y Moros!" ripeté l'altro.

"Si può sapere?" tuonò Jérémy lanciando un'occhiata sospettosa a Thérèse. "Parla inglese o spagnolo?"

Dopo quell'urlo, il nostro malato ricadeva generalmente in un coma così profondo che Louna non ci capiva più niente.

Allora la tenia si metteva a tavola. La tenia faceva le fusa. Certo, è solo un'immagine, un'immagine sonora, ma non vi era alcun dubbio per nessuno di noi: qualcosa si nutriva all'interno del nostro paziente, qualcosa di immondo si sparava ingordamente i capolavori di Clara, una voracità sotterranea e soddisfatta di sé vuotava quel corpo della sua sostanza. E quel saccheggio riattizzava il dolore della mente.

"No, Manfred, no, it's not me!"

Delirava. Borborigmi più che frasi. Bolle alla superficie di una coscienza morta. La fermentazione della disperazione.

"La tua morte, Manfred, è Papà!"

O proteste infuriate:

"Tuo figlio è maleducato, Philip! Mi mette delle bombe sotto il culo!".

Thérèse prendeva appunti, con un taccuino aperto sulle ginocchia appuntite.

"Saint Patrick! Dove hai nascosto Jeronimo?"

Thérèse cercava il filo della coerenza. Inseguiva il senso e traduceva alla lettera.

"Papà, non voglio le tue caramelle! Manfred è morto! Sono venuto a farti mangiare i tuoi figli."

E dopo ogni pasto, sempre quel leitmotiv, dal volume sonoro incomparabile:

"Cristianos y Moros!".

Un vero grido di guerra. Fu Hadouch il primo a preoccuparsi.

"Cosa vuole, questo qui, dagli arabi e dai cristianucci? Cosa vuole da noi, questo tizio?"

"Cristianos y Moros!"

"E se fosse un agente del Mossad?"

Hadouch era preoccupato. Hadouch ci vedeva infiltrati dai servizi segreti israeliani, imbarcati in una di quelle guerre di religione che fanno esplodere i cestini dei rifiuti. Andò a chiamare il rabbino Razon di rue Vieille-du-Temple. Il rabbino, che era un uomo di pace, trascorse una notte accanto al malato. Fu categorico. Nel suo modo ironico e sognante, ma categorico:

"Sì, è un ebreo, ha un senso molto forte della famiglia. Ma state tranquilli, sua figlia lo preoccupa più dei cristiani e dei mori".

"Sua figlia?"

"Adonai, Dios Santo! Si fa un infedele dopo l'altro. Infedeli ed ebrei, del resto. È una ragazza di fuoco."

"Una puttana?"
"No figliolo, lei si sposa ogni volta."
"Rabbi, che altro?"
"È un uomo potente."
"E poi?"
"Una grossa memoria. Parecchio intasata."
"Poi?"
"Coraggioso."
"È tutto?"
"Kasher."
Aggiunse:
"A modo suo. È un uomo della Legge. Ma ha il verme solitario. Verrò a prendere sue notizie di tanto in tanto".
"Rabbi, sarà sempre il benvenuto."
Una mattina l'addormentato dalla voce stentorea urlò una parola nuova:
"Cappuccino!".
Jérémy, che era di guardia, non conosceva quella parola. Svegliò Thérèse.
"*Dammi un cappuccino, stronzino, o ti ammazzo!*"[1]
"Un cappuccino altrimenti ti uccide," tradusse Thérèse con una certa soddisfazione. Aggiunse: "Adesso parla italiano". Aggiunse ancora: "Inglese, spagnolo, italiano, dev'essere un ebreo newyorkese. Vai a svegliare Clara per il cappuccino. È una specie di caffè con della panna o una cosa del genere...".
Il cappuccino ebbe sul verme solitario l'effetto di un arpione piantato nel fianco di una murena. Svegliata di soprassalto, la bestia sobbalzò nella pancia del

[1]In italiano nel testo. [*N.d.T.*]

malato. Un anaconda infuriato che sbatteva la testa contro tutte le porte. Il newyorkese si contorceva nel letto. Dal dolore e dal ridere. Quel cappuccino era uno scherzo che faceva al suo verme. Conseguenti urla e risveglio di Louna:

"Del caffè a una tenia? Ma siete completamente impazziti! Presto, Jérémy, degli yogurt! Yogurt e medicazioni per lo stomaco!".

*

Vacanze tranquille, dunque. Ciascuno al proprio posto e io al capezzale della mamma. La mamma soffriva di non essere in due. Noialtri sei, presenti sotto il suo stesso tetto, contavamo come il due di picche. Se le davo notizie del malato, era per distrarla, se lei fingeva di interessarsene, era per distrazione.

"A proposito, come sta il vostro ebreo newyorkese?"

"Vegeta, mamma."

Sì, riprendeva peso e colorito, cicatrizzava e si risaldava, tutti gli indicatori del suo cruscotto sfioravano la normalità, ma la sua coscienza rimaneva sommersa. Il fatto che avesse dato dello stronzino a Jérémy aveva infuso in noi qualche speranza. Ma no, quello sprazzo di lucidità designava uno degli stronzini della sua vita precedente, un qualche altro stronzino sepolto nel suo delirio.

"Molto preoccupante," concludeva Louna.

Borbottava una qualche diagnosi:

"Disorientamento spazio-temporale, delirio, confusione, obnubilazione...".

L'occhio pensieroso sull'allettato...

"Se rimane in questo stato per una settimana, una volta che tutto è tornato normale, si può temere una lesione cerebrale tipo un ematoma sottodurale."

E concluse:

"Bisogna consultare uno specialista".

Lo specialista fu subito trovato. La roulette designò il neurologo di Louna, il carnefice del suo cuore.

"Proprio non ce ne sono altri?" chiese Hadouch.

"È il migliore," rispose Louna. "Sii gentile con lui, Hadouch. Ormai si tratta solo di rapporti professionali."

4.
Parole di specialista

Il "migliore" esaminò l'ebreo newyorkese sotto gli occhi di Rabbi Razon e di tutta la nostra brigata. Misurò la profondità del suo coma. Un vero scavatore di pozzi dell'inconscio.

"Si tratta anzitutto di vedere come reagisce al dolore."

Lo schiaffeggiò, gli tirò le orecchie e gli torse i capezzoli. Gli fece orecchie da lepre, la sua torsione dei seni ci fece storcere la bocca e gli schiaffi erano autentici ceffoni. Persino Hadouch ne fu impressionato. Simon il Cabila fece un commento dei più misurati:

"Non sapevo di essere medico".

Il newyorkese non batté ciglio, non si svegliò. Produsse solo una delle sue frasi deliranti, ma nel tono della conversazione, né più né meno:

"You may say what you like, Dermott, but if you don't drop Annie Powell, I'll make you eat Bloom's kidneys and I'll give yours to his cat".

"Traduzione?"

"Di' quel che ti pare, Dermott, ma se non molli Annie Powell, ti farò mangiare le palle di Bloom e darò le tue al suo gatto."

Lo specialista di Louna decretò che il newyorkese era in 'coma vigile'.

"Avete un martello?"

Ci guardammo, ma Louna fece un sì fiducioso con la testa e dopo qualche secondo lo scandagliatore di coscienze martellava il nostro paziente: caviglie, ginocchia, spalle, gomiti e polsi, non tralasciò nulla, il newyorkese addormentato si fece marionetta celeste, i suoi arti schizzarono ai quattro punti cardinali con tutto il loro vigore ritrovato. A ogni colpo, buttava lì un nome proprio e un'imprecazione molto sentita:

"Rupert, figlio di puttana! Stanley, cino di merda! Zorro, cane della tua cagna! Mac Neil, pescatore di troie!".

Una riserva inesauribile.

"Anche per quanto riguarda i riflessi, niente da segnalare," concluse lo speleologo del cervello, "è tutto okay. Forse una punta di paranoia, ma questo non è il mio campo."

Chiese una torcia. La pupilla ebreo-newyorkese si restrinse sotto il fascio luminoso fino a essere soltanto una furibonda capocchia di spillo:

"Do the same fucking thing, Cowboy, and you'll end'up playing with your whistle at the corner of West 47th Street!".

"Fai ancora una stronzata del genere, Cowboy, e torni a suonare il fischietto all'angolo della Quarantasettesima Strada Ovest!" tradusse Thérèse.

"Merda!" fece Hadouch.

"Cosa c'è?" domandò Mo il Mossi.

"È uno sbirro," fece Hadouch.

"Un pezzo grosso," precisò Simon.

"Come fate a saperlo?" domandò il Mossi.

"È quello che dicono sempre gli sbirri ai subalterni

quando gli fanno i cazziatoni. Li minacciano di sbatterli di nuovo a dirigere il traffico."

"Uno sceriffo?" chiese Jérémy.

"In un certo senso," ammise Hadouch.

"Allora lo chiameremo così," decise Jérémy.

"Sceriffo?" chiese Thérèse.

"Sceriffo," confermò Jérémy. "Con la maiuscola."

Dopodiché l'uomo dei nervi si coricò praticamente sopra lo Sceriffo e gli rigirò la testa in tutte le direzioni.

"Collo flessibile," disse tirandosi su. "Perfetto!"

Il pedantone riguadagnava terreno negli occhi accesi di Louna, lo vedevo benissimo. Ricaduta imminente. Perché diavolo quella ragazza poteva amare solo tra i camici bianchi? La cosa mi preoccupava anche perché Hadouch non ne perdeva una briciola. Con l'occhio cattivo, diede una leggera gomitata a Mo che fece un sì discreto con la testa prima di passare il messaggio a Simon.

"Bene," fece lo specialista in Louna, "ora vediamo il riflesso di Babinski."

A questo punto si voltò verso di noi e, indicando i piedi dello Sceriffo:

"Gli farò il solletico," spiegò, "se l'alluce si tende invece di piegarsi vuol dire che c'è un serio problema a livello di sistema cerebrale centrale".

Hadouch, Mo e Simon lo guardarono fisso.

Jérémy si chinò verso di me.

"Non trovi che abbia qualcosa di un windsurf?"

La domanda mi prese alla sprovvista.

"Chi?" bisbigliai.

"Il tipo di Louna," insistette Jérémy. "Assomiglia a un windsurf, non trovi?"

Jérémy ha sempre avuto un dono: l'identificazione comparativa. Dobbiamo a lui tutti i nomi della famiglia. Impossibile considerare un individuo altrimenti che dall'aspetto, una volta che Jérémy gli ha dato un soprannome. Il Piccolo, Verdun, È Un Angelo, Signor Malaussène, i nostri ultimi nati, per esempio, che lui ha battezzato alla prima occhiata... È Un Angelo è *effettivamente* un angelo, Verdun ha *tutte* le caratteristiche della battaglia con lo stesso nome, e il Piccolo, come si vedrà, nacque proprio piccolino. E tale restò.

Sì, non c'era alcun dubbio, quel tizio, che era stato e sarebbe stato l'amante di Louna, e che attualmente sondava il coma dello Sceriffo, assomigliava come una goccia d'acqua a un windsurf: aerodinamica netta e sfuggente, lunga muscolatura in fibra di vetro, curvatura e ancheggiamento da windsurfista, vela dei capelli al vento, miglior profilo offerto agli alisei, indolente soddisfazione da spiagge, e trenta parole di vocabolario a disposizione, a parte il gergo professionale.

"Un windsurf, no?" insistette Jérémy.

"Un po'," feci io.

Windsurf si accingeva quindi a fare il solletico ai piedi dello Sceriffo per testare il suo riflesso di Babinski. Tutti gli sguardi della brigata si rivolsero all'alluce del comatoso. L'alluce non si ritrasse né si distese. Nessuna reazione da quella parte. Ma una risata furbetta e una frase che lasciò Thérèse muta per l'impotenza:

"Moichè, gib mir a sloi zoierè agrèkes un a heift kilogram kavè, dous iz far main worm".

Silenzio.

"Traduzione?" chiese infine Jérémy.

"Non conosco questa lingua," ammise Thérèse. "Assomiglia al tedesco, ma non è tedesco."

"È yiddish," fece la voce sognante di Rabbi Razon.

"E cosa vuol dire?" chiese Jérémy.

"Vuol dire: 'Moshe, dammi un barattolo di cetriolini alla russa e una libbra di caffè, per divertire il mio verme'."

"Non se ne parla neanche!" sbottò Louna, come se il pizzicagnolo Moshe fosse presente nella stanza.

"Quest'uomo combatte con la propria anima," spiegò Rabbi Razon, "huerco malo! È un cuore tormentato, si punisce da solo, ed è un valoroso."

Windsurf proseguì nelle sue indagini fino alla conclusione finale:

"Nessuna sindrome meningea, nessuna sindrome piramidale, riflessi e tono muscolare nella norma, nessun argomento a favore di un ematoma sotto-durale o di un'emorragia meningea...".

Poi, voltandosi verso Louna, e con un bianco sorriso di schiuma:

"Sta da dio, mia grande, hai fatto un ottimo lavoro!".

Per un attimo pensai che la "grande" si sarebbe liquefatta sotto il calore ambrato di quello sguardo, ma la voce di Hadouch mantenne la temperatura ambiente al di sotto dello zero.

"Allora perché non si sveglia, se sta così bene?"

"Isteria, forse, non so."

"E cosa intendi fare, per saperlo?"

"Ripassare tutti i giorni alla stessa ora."

"Per fare?"

"Per osservarlo. Come diceva il mio maestro Tal dei

Tali: 'La neurologia è una scienza contemplativa. Poi sono cazzi vostri'."

Il duello sarebbe probabilmente proseguito se Clara non avesse fatto la sua comparsa con il piatto del giorno.

"Costine di agnello alla provenzale e *gratin dauphinois*," annunciò.

Già che eravamo lì, assistemmo allo spuntino. Che si concluse al solito modo:

"Cristianos y Moros!".

E fu allora che Windsurf segnò un punto decisivo.

"Ah!" fece.

"Cosa, ah?" chiese Hadouch.

Windsurf rispose da molto in alto.

"Lasciate perdere l'alta gastronomia, non gli piace il vostro cibo quattro stelle, è un uomo con le palle, gli ci vuole roba solida!"

"'Cristianos y Moros' significa tutto questo?" domandò Jérémy.

"È il nome di un piatto," rispose Windsurf. "Un piatto ispanico. Lassù sono milioni a mangiarlo. Riso bianco e fagioli neri: Cristianos y Moros."

Poi, rivolto a Louna:

"La seduta è tolta. Vieni, mia grande?".

*

La grande andò. E fu la fine dell'armonia: Louna molto meno presa da quello che faceva, Hadouch, Mo e Simon molto attenti a quello che le faceva Windsurf, Thérèse che disapprovava in silenzio le dissolutezze della sorella, Jérémy che mischiava fagioli neri e riso bianco imprecando contro le papille latino-americane, Clara turbata dal cambiamento di atmosfera e, unico elemento di continuità in casa, la mamma fedele al suo dolore.

Lo Sceriffo continuava a non svegliarsi, ma mandava giù di buon cuore il suo pastone. Spartiva il tutto gentilmente con il suo verme. Niente più grida. Lui e il verme mangiavano insieme, uno dentro l'altro, come due vecchi compagni di camerata.

Questo, almeno, era incoraggiante.

"Attenti," diceva Rabbi Razon per contrastare il nostro ottimismo, "quella tenia è l'anima adirata di quest'uomo. Per il momento, hanno sancito una tregua, si riposano, ma non durerà. Adonai Dios Santo, no, non durerà! Tenetelo d'occhio. L'anima ne ha sempre una in serbo."

Infatti, passati i primi giorni di ronron comune, lo Sceriffo cominciò a deperire e il verme a prosperare. Lo Sceriffo perdeva le forze. Dimagriva a vista d'occhio. Louna e Windsurf non potevano fare altro che constatare il suo declino. Alternando le presenze all'ospedale e il turno di guardia in casa, si davano il cambio al capezzale del malato. Ognuno estraeva chilometri di verme solitario, ma inutilmente. Rabbi Razon aveva ragione: quella tenia aveva qualcosa dell'infinito. Un gomitolo di malvagità che si ricostituiva man mano che lo srotolavano.

"Mai vista una cosa del genere," borbottava Windsurf, con quel misto di scoramento e di eccitazione che gli enigmi patologici suscitano in quelli della sua professione.

La testa dello Sceriffo era sempre più pesante sul guanciale. Tanto più che ormai lui taceva. Nemmeno più una parola. Pareva schiacciato dal peso del proprio silenzio. Un arcobaleno si posò sulle sue palpebre chiuse. I sette colori si fusero in un unico sigillo di piombo.

"Morirà," disse alla fine Louna, "non vedo come possiamo impedirlo."

"Non morirà," affermava Thérèse.

"Allora vuol dire che dopo la morte c'è la pensione," ironizzava Jérémy.

Ma la sera Clara e Jérémy piangevano. Si erano messi a comprare fiori di nascosto. E nastri di tessuti multicolore. E del filo d'oro. Li sorpresi mentre erano intenti a tramare una corona mortuaria, nel bel mezzo di una notte in bianco. Jérémy abbinava fiori dal gambo lungo e Clara ricamava parole dorate su un taffettà blu Savoia. Lavoravano piangendo come immaginette.

"Morirà, Ben, e non sappiamo nemmeno come si chiama!"

Jérémy singhiozzava come un dannato. Le braccia di Clara e le mie non bastavano ad arginare tutto quel dolore. Le scritte dicevano, in un corsivo inglese: *Addio Sceriffo, ti abbiamo voluto bene... Gloria allo Sceriffo ignoto... Sei passato, ti abbiamo amato... Al nostro Sceriffo preferito...*

"Ci portiamo avanti con le corone," spiegava Jérémy tra due singhiozzi, "sai, ce ne vogliono parecchie!"

Non voleva che qualcuno immaginasse lo Sceriffo morto senza famiglia e "sepolto come uno sciacallo".

"Era un tipo coraggioso, conosceva un sacco di gente, non è normale che muoia solo."

Una voce nuova cadde dal cielo:

"Eppure è vero che sta morendo".

Thérèse, seduta sul letto di sopra, assolutamente disorientata:

"Non ci capisco niente, Benjamin... le linee della mano, gli astri, le carte, il pendolo, tutto dice che non morirà... eppure sta morendo".

Era la primissima volta che praticava il dubbio. Pareva più sola che mai nella sua camicia da notte dagli angoli aguzzi. Disse a Clara:

"Dovremmo prevedere qualche frase in inglese".

"E in spagnolo," aggiunse Jérémy.

"Anche in yiddish e in ebraico, chiederò a Rabbi Razon."

Eravamo a questo punto della conversazione quando l'interfono che collega la mia stanza con il dormitorio dei bambini gracchiò.

Ho alzato la cornetta. Una voce frettolosa ha ordinato:

"Vieni su, Ben".

Era Simon il Cabila. Con la mano sull'apparecchio ho bisbigliato:

"È morto?".

"Vieni su."

*

Sono salito di corsa su per le scale e ho sentito il rumore sin dai primi gradini. Se gli agonizzanti urlano, allora quelle che sentii erano urla di agonia, se i morenti sbattono la testa contro i muri, allora qualcuno stava morendo in camera mia. Lo Sceriffo stava conducendo la sua ultima lotta, stava gettando le sue forze residue nella battaglia finale. Adonai e la sua banda tiravano la sua anima verso l'alto e lui si inarcava lanciando l'ultima bordata di insulti:

"Fuck you! Hijo de puta! Never! Nunca! Niemals! Jamais! Kain mol! Af paam! Mai!". (Mai! Mai! In tutte le lingue disponibili.)

Più che aprirla, ho sfondato la porta.

Lo Sceriffo era seduto sul letto, con la flebo strappata, e urlava a pieni polmoni, con i muscoli tesi da rompersi, gli occhi al centro della stanza, le corde del collo che vibravano nella tempesta.

Senza sapere quello che facevo, mi sono gettato su di lui, l'ho appiattito sul letto mormorandogli un sacco di cose all'orecchio:

"Va tutto bene, Sceriffo, va tutto bene, non aver paura, sono qui, non è niente, non è niente, non è niente...".

Tutti i suoi muscoli si sono distesi di colpo e io gli sono crollato addosso, spompato, come se mi fossi appena beccato un round con il diavolo in persona. Mancava poco e mi sarei addormentato sopra di lui. La voce di Simon mi ha riportato a galla.

"Guarda qui, Ben."

Ho voltato la testa, molto lentamente, verso di lui. Simon ha tirato su qualcosa che giaceva ai suoi piedi. Era il corpo di Windsurf.

"Ho giocato un po' al dottore anch'io."

A dire la verità, Windsurf non assomigliava più granché a se stesso. Simon gli aveva fatto una faccia da galeone riportato a galla dopo qualche secolo di naufragio. Tutto alghe e incrostazioni.

“Soluzione di un enigma medico, Ben!”

E Simon a spiegarmi che Hadouch, come tutti noi, trovava strano, se non quasi sospetto, il brusco declino dello Sceriffo. E aveva ordinato a Simon di nascondersi sotto il letto del malato.

“Cosa che ho fatto.”

Cosa che Simon aveva fatto quella notte stessa... E scoccate le due Windsurf era entrato nella camera dello Sceriffo, e Simon l’aveva sentito mormorare che era la sua ultima visita: “L’ultima possibilità che ti do di cantare, bastardo...”.

“Le sue precise parole, Ben...”

Non ottenendo risposta dallo Sceriffo, Windsurf gli aveva annunciato nel modo più chiaro possibile che avrebbe aggiunto molta morte alla solita della sua flebo.

“E l’avrebbe fatto, se non l’avessi brancato per i piedi, Ben. Ne ha la borsa piena. Tutte porcherie che ha fregato all’ospedale.”

Il seguito raccontava l’inizio. Giorni e giorni che Windsurf torturava lo Sceriffo nella speranza di fargli sputare un segreto in oro massiccio.

“Era questo il problema dello Sceriffo, Ben. Si lasciava morire pur di non parlare. Windsurf è convinto che faccia finta, che il suo delirio sia inchiostro di seppia, una nuvola dentro cui nasconde il suo tesoro.”

E giù a spiegare ancora che, grazie a qualche leggera sventola, Windsurf aveva ammesso di lavorare per una banda ben conosciuta del giro della bianca. Una banda che lo teneva in pugno con la roba, naturalmente; il signore aveva delle spese. La stessa banda che aveva già rapito lo Sceriffo dall’ospedale, grazie alla complicità di Windsurf, la banda del mastino con l'orecchio mozzato.

"Siccome non riusciva a cavare fuori niente dallo Sceriffo, la sua missione era quella di farlo fuori stanotte. Vero?"

"Vero?"

L'ultima domanda era rivolta a Windsurf.

"Vero?"

Windsurf fece sì con la testa.

"E non sai la più bella, Ben."

Stavo per saperla.

"Dopo aver fatto fuori lo Sceriffo, il bravo dottore aveva intenzione di denunciarci alla pula perché dessero la colpa a noi. Carino, no, da parte di un cognato?"

Ho pensato a Louna. E ho sentito la risposta di Windsurf con un'avversione che mi era familiare. Dio santo, quella risposta... L'eterna e unica risposta di tutti i porci del mondo, con o senza uniforme:

"Obbedivo agli ordini".

"Io invece sono un animale," rispose Simon, "obbedisco solo ai miei istinti."

Gli istinti di Simon fecero andare in frantumi una mezza dozzina di denti nella bocca di Windsurf.

E la porta della mia camera si è aperta.

"Basta, Simon!"

Era Hadouch. Simon si fermò. Hadouch si voltò verso di me per riassumere la situazione:

"È così, Ben, quando la medicina è poco chiara, bisogna tenere d'occhio i medici".

Silenzio. Poi chiese:

"Bene. E adesso cosa facciamo?".

Adesso la smettevamo di giocare. Adesso rientravamo nella legalità democratica. Adesso avvertivamo la pula, le consegnavamo l'assassino e le restituivamo il collega amerikano. Ecco cosa facevamo adesso, e fu ciò che risposi.

Ma talvolta il destino si oppone alle migliori risoluzioni.

In questo caso il destino si materializzò nella persona di Louna, che apparve sulla porta urlando il nome dell'amante per poi precipitarsi contro Simon con le unghie fuori e ritrovarsi infine tra le braccia di Windsurf.

Solo che Windsurf le stringeva la gola nell'incavo del gomito e con l'altra mano le puntava un sottile bisturi di acciaio sulla carotide pulsante.

Il tutto così in fretta e in maniera così confusa che non ho ancora trovato le parole.

"Ecco coscia indendo vare, ora," disse Windsurf con i denti che gli restavano, "be ne vado bia gon guetta adorabile gredina, e se zolo uno di foi viata, la uggido."

Sì, era il suo progetto di vita.

Ma le cose andavano decisamente in fretta.

La detonazione esplose prima ancora che potessi vedere la 11,43 nella mano di Simon. Eppure non c'era alcun dubbio, la cacafuoco fumava proprio nella mano del Cabila e quel che restava di Windsurf si accasciò ai piedi di Louna.

5.
Risurrezione

Louna ebbe troppo da fare con la salute dello Sceriffo per piangersi addosso. È il segno delle anime forti: gioie e dolori sono solo una parentesi sulla via del dovere. Sorvoliamo.

Si dovette reintubare lo Sceriffo e misurare l'ampiezza dei danni. Quella notte Louna si fece laboratorista. Le analisi del sangue rivelarono una quantità impressionante di sostanze tossiche iniettate nelle pieghe segrete del newyorkese. Windsurf aveva anche giocato con le sue costole. Lo Sceriffo respirava male.

"Deve aver sofferto il martirio."

Sì. E il martire non desiderava soffrire ulteriormente. Stavolta levava davvero l'ancora.

"Adesso è una questione di ore."

Louna disse questa frase fatidica l'indomani a mezzogiorno in punto, davanti a uno Sceriffo la cui vita era ormai appesa a un capello d'angelo.

"Senza questa storia l'avrei salvato, Ben! *Era* salvo."

Louna tradita due volte, nel suo cuore e nella sua arte... Difficile dire quale delle due Louna soffrisse di più.

"Era un pezzo d'uomo, sai."

Ne parlava già al passato.

"E con una grande forza d'animo."

"Dobbiamo avvertire Rabbi Razon?"

"Sì."

Rabbi Razon venne con le sacre scritture. Fece solo un commento quando gli raccontammo il ruolo di Windsurf:

"Huerco malo! Perdonami Louna, ma proprio non mi piaceva quel huevo de rana...".

Tradusse per i piccoli:

"No, non mi piaceva affatto, quell'uovo di rana...".

Jérémy, Thérèse e Clara ornavano la stanza di fiori, aspettando l'arrivo di Belleville. Avevano deciso di dare un'aria di festa alla dipartita dello Sceriffo. Gli striscioni appesi al soffitto facevano un cielo di gloria al di sopra del letto. Aspettavamo la tribù Ben Tayeb, naturalmente, ma anche una delegazione dei cinesi e degli ebrei di Belleville, e ispanici di tutte le origini. Mo il Mossi portò l'Africa occidentale. A cui si aggiunsero due o tre americani che bazzicavano il ristorante *La Courtille*, in rue des Envierges. Bisognava che quell'uomo solo se ne andasse accompagnato da tutti. Era la volontà di Jérémy. E che le donne lanciassero youyou di afflizione. E che ci si strappasse i capelli a manciate. Meglio dei funerali di stato, esequie planetarie.

"Come se lo seppellissimo al centro della terra."

Jérémy posò una corona di mirto sulla testa dello Sceriffo.

La camera sfumò in una nebbia di incenso.

"Posso cominciare?" domandò Rabbi Razon.

Poteva. Tutto era in ordine, in cielo come in terra.

Ma non cominciò.

Un angelo era apparso nel riquadro della porta. Un angelo trasparente e latteo che se ne stava in piedi nell'immobilità di tutti gli sguardi. Uno di quegli angeli da vetrata, con le forme piene, la pelle bianca, il volto raggiante di indifferenza celeste.

Era la mamma.

Si avvicinò al morente in un silenzio da cattedrale. Sembrava camminare due millimetri al di sopra del suolo. Invadeva gli sguardi e abitava gli spiriti. Quando si chinò sul viso della figura giacente, uomini e donne sentirono il calore delle sue labbra sulla loro bocca.

"Quest'uomo non è ancora morto," disse infine.

Ordinò:

"Mettetelo nel mio letto".

E scomparve come era venuta.

Si dovette aspettare che l'incantesimo svanisse perché Rabbi Razon potesse dare il via libera:

"Quel che Dio non può più fare, una donna, a volte, può farlo. Portatelo nel suo letto".

*

"Non c'è dubbio," commentò Hadouch dopo che avemmo traslettato lo Sceriffo, "tua madre è proprio un'apparizione."

"Per questo la vediamo così di rado," risposi.

E siccome eravamo tra noi:

"Che ne hai fatto di Windsurf?".

"Non lo stesso genere di funerale."

"Cosa allora?"

"Era un burattino. Abbiamo beccato i porci che lo manovravano. Apparteneva a loro, e glielo abbiamo restituito."

Avevano semplicemente messo il corpo di Windsurf nel bagagliaio della Mercedes, con l'orecchio mozzato e la 11,43 del suo proprietario. Dopodiché avevano chiamato la polizia e non si erano preoccupati del resto.

"In linea di principio, disapprovo questo genere di collaborazioni, ma ci sono circostanze nelle quali la pace sociale esige qualche concessione."

Mo e Simon erano rimasti imboscati nel quartiere dei malavitosi. Alle sei in punto del mattino, un esercito di gendarmi incappucciati aveva assalito l'edificio e imbarcato l'uomo con l'orecchio mozzo, insieme alla sua Mercedes, al cadavere di Windsurf, all'arma del delitto e a una prospettiva di quindici anni di gattabuia.

"A quest'ora avrà denunciato tutti i suoi compari. È un marcantonio, ma non ha una grossa resistenza."

"A meno che non abbia denunciato te, Hadouch. L'orecchio sei stato tu a mozzarglielo, no?"

Hadouch alzò gli occhi al cielo come se, decisamente, avessi proprio tutto da imparare.

"Il mio coltello è nella tasca di Windsurf. Con le sue impronte sul manico."

Una pausa.

"Tra l'altro ci ha fatto proprio girare le palle, a me e a Simon, dover lasciare la nostra armeria."

Altra pausa.

"Ma cosa vuoi..."

E con il sopracciglio civico:

"Bisogna saper fare dei sacrifici".

*

A me e a Jérémy fu vietato l'ingresso in camera della mamma. A quanto pareva, era una faccenda tra donne. Ormai in casa si parlava solo a mormorii. Louna ci dava dentro con il suo rapporto quotidiano. Lo Sceriffo faceva il morto.

"Non si muove, Benjamin. Se ne sta con la pelle contro quella della mamma e non si muove. Non ho mai visto un corpo così perfettamente immobile. Come i gatti, quando lottano contro la morte."

Il gatto non moriva. Richiusa su di lui, la mamma lo scaldava con tutta la superficie del suo corpo. Appena il suo ritmo respiratorio mollava, la bocca della mamma gli serviva il proprio ossigeno.

Le vacanze terminarono. Clara, Thérèse e Jérémy tornarono alla loro scolarità. Non so molto bene che lavoro temporaneo facessi all'epoca, ma so che non lo facevo: congedo per malattia. Sì, uno di quei parassiti che scavano il buco della previdenza sociale e su cui sono puntati gli indici ministeriali... Se un giorno il paese affonda, sarà colpa mia, non dei ministri. Ma, chissà perché, mi sembrava che la mia presenza fosse più utile sotto il nostro tetto che in qualsiasi altro posto.

Lo Sceriffo riacquistò le forze.

"Si nutre, Ben."

"Cristianos y Moros?"

"No, non ne ha ancora la forza. Poppa."

La mamma nutriva al seno un ebreo americano che tornava dal regno dei morti.

"Fa progressi, Ben. Si rimpolpa a gran velocità."

"Lo sapevo che non sarebbe morto," buttò lì Thérèse passandoci accanto.

Ben presto Louna e la mamma poterono condurre una guerra vittoriosa contro il verme solitario. La bestia fu gettata nella fogna.

E arrivò la grande notizia:

"Ha aperto gli occhi, Benjamin!".

"Ha parlato?"

"No, ha sorriso."

A dire il vero, lo Sceriffo non parlò più e non lo rividi mai. Oggi, mi ricordo molto bene di lui, ma non della sua faccia né della sua voce. Lo Sceriffo è una certezza, non un'immagine.

Una domenica mattina la mamma convocò tutte le tribù di Belleville al suo capezzale.

"Se n'è andato," disse.

Era sola nel letto. Ci annunciò quella partenza senza un'ombra di rimpianto.

"Se n'è andato ma ci ha lasciato un ricordo. Sono incinta."

*

Nove mesi dopo, il Piccolo faceva la sua comparsa tra le cosce della mamma. Il Piccolo pianse molto venendo alla luce. Quella tristezza ci affliggeva. Thérèse la attribuiva alle disavventure dello Sceriffo, suo padre.

Rabbi Razon ci tranquillizzò:

"Le prime lacrime sono sempre un buon segno: niño che no llora no mama!".

"Un bambino che non piange non poppa," tradusse Thérèse.

Rabbi Razon sollevava il Piccolo alla luce del giorno.

"Dios que te page, piccolo mio!"

"Dio ti rimborsi," tradusse Thérèse.

Il Piccolo era proprio piccolo. Rabbi Razon dovette leggermelo negli occhi poiché sentì il bisogno di rassicurarmi:

"Non aver paura, Benjamin, è già abbastanza piccolo così, non ho intenzione di accorciartelo".

"Non per il momento..." aggiunse, da uomo di Dio.

"È vero che è piccolo," mormorò Clara il cui flash crepitò.

"Ed è così che lo chiameremo," dichiarò Jérémy.

"Piccolo?" domandò Thérèse.

"Il Piccolo," corresse Jérémy.

"Il Piccolo?" domandò Thérèse.

"Il Piccolo," confermò Jérémy, "con la P maiuscola."

6.
Ricordatevi di Isaac

Loussa mi ascoltava senza fiatare. Eravamo alla nostra quarta teiera. Alì aveva tirato giù la saracinesca de *L'Homme bleu*. Lui e Youcef si erano seduti al nostro tavolo. Il ristorante profumava di menta.

"Tua madre l'ha salvato così, l'americano? Solo facendolo poppare? Sono proprio belle, le donne!"

Ho riflettuto un po':

"No, in verità l'ha salvato in un altro modo".

Secondo la mamma, tutti noi avevamo fatto un errore di diagnosi. A suo avviso lo Sceriffo non moriva per le torture subite. Lo Sceriffo non moriva nemmeno divorato dal suo verme. Non era neppure sicura che le fiale di Windsurf gli avessero dato il colpo di grazia... I pusher, i cazzotti, i colpi di pistola, i veleni e la tenia erano il suo pane quotidiano. Era un uomo capace di sopportare molto più di tutto questo. No, era il rimorso a consumarlo. "Non si perdonava la morte di Manfred," ci spiegò la mamma. "Ma chi è questo Manfred?" aveva domandato Thérèse. "Un fantasma acciambellato nella sua coscienza," aveva risposto la mamma. "Ben più terribile della tenia."

E la mamma aveva fatto un patto con lo Sceriffo. Si

era semplicemente offerta di resuscitare Manfred. "È quello che gli ho subito proposto: un Manfred per il tuo Manfred, una vita per una vita, fammi un piccolo Manfred e il tuo ti lascerà in pace, parola di donna!"

"Allora il vostro Sceriffo ha resuscitato Manfred e se n'è andato via così?" chiese Loussa de Casamance. "Senza un arrivederci, senza un grazie, senza niente?"

"Ha lasciato un bigliettino."

"Che diceva?"

"*Ricordatevi di Isaac.*"

"*Remember Isaac?* È quel che temevo."

Ho alzato gli occhi su Loussa. Scuoteva una testa che non si capacitava.

"Cosa succede, Loussa?"

"Non oso dirtelo."

"Loussa..."

"Non mi crederai."

"Avanti..."

"Quel tizio lo conosco."

"Che tizio?"

"Il tuo Sceriffo, figliolo, il padre del Piccolo, lo conosco."

"Lo conosci?"

"Insomma, so chi è. Suppongo... anche se..."

Ho guardato Loussa nel bianco degli occhi, ho posato le mani sulle sue, e mi sono messo a parlargli a piccoli colpi di martello precisi precisi, come si piantano i puntini sulle i...

"Lo conosci o non lo conosci? Non fare lo stronzo, Loussa, ti ricordo che a casa il Piccolo si sta lasciando morire di fame... se conosci suo padre, portacelo subito... ma se non lo conosci... *se supponi*... non credo che il Piccolo sia in vena di nutrirsi di supposizioni..."

Loussa ha esitato per un lungo istante, poi si è alzato, tutto pensoso.

"Sei in casa, stasera?"

"Dove vuoi che sia?"

"Allora aspettami che vengo."

"Con il padre del Piccolo?"

Ha fatto un gesto evasivo della mano e si è diretto verso la porta dell'*Homme bleu*.

*

Arrivato a casa, mi sono accorto che il Piccolo stava diventando trasparente. L'ho piazzato davanti a una lampada da tavolo. Non c'era alcun dubbio, ancora qualche giorno di digiuno e avremmo potuto leggergli attraverso.

"Quando ti deciderai a fare qualcosa?" mi ha chiesto Thérèse.

Ho guardato il Piccolo negli occhi:

"Non ti andrebbe di mangiare? Un pochino? Per farmi piacere? No? Qualcosina? Uno yogurt? Un panino? Patatine fritte?".

Il Piccolo ha risposto:

"Preferirei il mio papà".

E non ha toccato la cena.

Stavo per mettere a letto i bambini (il Piccolo entrava con la pancia vuota in un tunnel che sarebbe sfociato sul suo terzo giorno di digiuno), quando Loussa ha suonato.

Sono andato ad aprire. Era solo.

"Sei solo?"

"Sì e no," rispose entrando.

Viste le circostanze, era proprio necessario che sopportassi il lato cinese di quel senegalese?

"Loussa..."

Mi ha fatto segno di chiudere il becco e di sedermi.

Lui stesso ha preso posto davanti a me.

"Ascolta, coglioncello, quello che sto per dirti è difficile da mandar giù."

Ho preparato la mia saliva di conseguenza.

"Ho verificato le mie fonti. Conosco il padre del tuo fratellino con gli occhiali rosa, senza alcun dubbio."

"E non l'hai portato?"

"Sì che l'ho portato."

Mi ha guardato a lungo, ha fatto un gran sospiro, si è slacciato il cappotto e ha tirato fuori quattro libri che ha posato sul tavolo della sala da pranzo, lì, impilati davanti a me.

"È il protagonista di questi quattro romanzi."

"Prego?"

Loussa ha fatto una buona scorta di aria e ha sparato le sue informazioni tutte in una volta.

"Si chiama Isaac Sidel, è americano, è ebreo, è il padre di una ragazza, Marylin, che si sposa e divorzia a raffica, è il capo degli sbirri della città di New York, si crede responsabile della morte di Manfred Coen, che era il suo subalterno preferito, ha un debole per Joyce e per il cappuccino, si nutre di Cristiani e di Mori, è instancabile, e si azzuffa con tutti i tizi che a casa tua malediva nel delirio: Rupert, Stanley, Zorro, Cowboy, Mac Neil, Dermott e gli altri... Verifica, malavitosi o sbirri corrotti, sono tutti in questi quattro volumi!"

Ho guardato la faccia di Loussa. Solo la faccia di Loussa. Ha capito perfettamente cosa c'era nel mio sguardo, perché lui ha detto, riprendendo fiato:

"Lo so... ti avevo avvertito... difficile da mandare giù... ma devo forse ricordarti...".

Uno strano silenzio.

"Devo forse ricordarti che stamattina tu stesso paragonavi il tuo fratellino al Bartleby di Melville?"

"Non c'entra niente. Bartleby era una metafora! Mia madre non si è fatta mettere incinta da una metafora!"

Loussa ha scosso la testa:

"La maggior parte dei bambini nasce da una metafora... È dopo che la cosa si guasta".

Ho tentato un'altra sortita:

"Se mia madre avesse fatto una cosa tanto irrazionale – farsi il personaggio di un romanzo – Thérèse lo saprebbe!".

Loussa non ha raccolto. Ha solamente aggiunto:

"Ho dimenticato di dirti la cosa principale, coglioncello. L'Isaac di questi quattro romanzi...".

Tamburellava con le dita la pila di libri sul tavolo:

"Ha il verme solitario".

E concludeva, fatalista:

"Adesso puoi sbattermi alla porta, se vuoi, ma i fatti sono i fatti: l'ebreo americano che tua madre ha resuscitato, il padre del tuo fratellino con gli occhiali rosa, è il protagonista di questi quattro romanzi. Te li lascio. Sono tuoi. Regalo. Una bella lettura, del resto, vedrai... magnifica. L'autore si chiama Charyn: Jerome. Jerome Charyn. È un americano. Un ebreo newyorkese, come il suo Isaac".

Dopodiché, Loussa mi ha piantato in asso.

Ho sbattuto le ali due secondi, poi ho abbassato gli occhi sui quattro romanzi:

Occhi azzurri, *Marylin la matta*, *Kermesse a Manhattan*, *Isaac il Misterioso*... Questi i titoli.

*

“*C’era una volta un vecchio con un verme nella pancia. Al verme piaceva spilluzzicare. Il vecchio doveva agguantarsi come se volesse strapparsi le viscere. Viveva in un sordido albergo della Quarantasettesima Strada Ovest. L’albergo non aveva neppure un nome. A due passi dalla via a luci rosse. I papponi lo evitavano, il vecchio. Affittavano in quell’albergo degli appartamenti a tutte le ‘fidanzate’ che avevano o che proteggevano. Le fidanzate erano tutte delle nere al di sopra dei diciannove anni. Almeno una di loro era incinta. Volevano bene al vecchio. Lui non gli gridava dietro, non guardava sotto le camicette estive. I capezzoli sudati di una puttana non erano cosa da stupirlo.*

Perciò loro parlavano con quel vecchio barbone, dividevano con lui la loro aranciata...”

Ho letto fino a notte inoltrata. Seduto a gambe incrociate ai piedi di un pubblico in pantofole e pigiama, con gli occhi di Julius che seguivano le righe al di sopra della mia spalla, ho immerso tutti noi ad alta voce nella saga di Isaac Sidel e del suo verme solitario. È così che Isaac è entrato una seconda volta in casa nostra. Thérèse prendeva appunti che le ricordavano qualcosa. Il Piccolo si era messo gli occhiali per sentire meglio. Jérémy lanciava gli oh! gli ah! i cazzarola! i madonna! i ma va'! i porca puttana! della sua ammirazione. E se Clara avesse potuto fotografare le parole... Leggevo ad alta voce la saga di Isaac Sidel, "Isaac il capo", "Isaac il puro", "Isaac il grande rabbino del Q.G.", "Isaac, il papà di Marylin, la matta dai sette mariti", "Isaac lo psicopatico", "Isaac lo schmuck", "Isaac la merda", "Sant'Isaac", "Isaac il misterioso", secondo i punti di vista degli altri personaggi, e li riconoscevo al volo, tutti quanti, erano quei nomi che avevano ossessionato i deliri del nostro Sceriffo: Annie Powell, la puttanella sfregiata della Quarantatreesima Strada, Dermott, il suo pappa lettore di Joyce, Coot Mac Neil, l'irlandese corrotto che risaliva fiumi di sangue... leggevo ancora alle prime luci dell'alba (Isaac Sidel sembrava insediato nella camera dei bambini come se non ci avesse mai lasciati), quando la voce del Piccolo, tutt'a un tratto, mi ha frenato nel mio slancio.

"Ho fame."

Quel che è seguito era molto più che silenzio.

"Ho fame," ha ripetuto il Piccolo.

Jérémy è stato il primo a reagire.

È balzato fuori del letto e si è fiondato verso la cucina, con Clara alle calcagna.

"Hai fame, Piccolo! Stupendo! Cosa ti prepariamo? Una omelette ai funghi? Degli spaghetti con le melanzane? Un panino allo Jabugo? Ti apriamo una scatola di *foie gras*?"

Con le sopracciglia aggrottate, il Piccolo rifiutava.

"No? Un dolce?" ha proposto Clara. "Vuoi passare

direttamente al dolce? Una *crème brulée*? Un piccolo *gratiné* di frutti di bosco?"

No, faceva la testa del Piccolo.

Si è tolto gli occhiali rosa per riflettere meglio, la faccia si è finalmente illuminata e lui ha detto:

"Cristianos y Moros!".

Indice

Stampa Grafica Sipiel
Milano, marzo 1997